1930's 경성 무지개

*1930*ˢ 경성 무지개

1판 1쇄 2022년 2월 11일

글 민경혜

펴낸이 모계영   펴낸곳 가치창조   출판등록 제406-2012-000041호
주소 서울 종로구 사직로8길34, 1104호(경희궁의 아침 3단지 오피스텔)
전화 070-7733-3227   팩스 02-303-2375   이메일 shwimbook@hanmail.net
ISBN 978-89-6301-265-0 (43810)

© 민경혜 2022

가치창조 공식 블로그 http://blog.naver.com/gachi2012
단비청소년은 가치창조 출판그룹의 청소년책 전문 브랜드입니다.

1930's 경성 무지개

그들의
심장은
뛰었다

민경혜 글

단비청소년

차례

한여름날의 연꽃

소나기가 쏟아졌다.

한여름 더위를 씻겨 줄 반가운 소나기였다. 하연도 느닷없는 소나기가 반가웠다. 오랜 연인과의 이별 후 무겁게 쏟아지는 비라니, 어쩐지 흠뻑 맞아 보는 것도 괜찮겠지 싶었다. 하지만 빗속에서 몇 걸음 옮기던 하연은 비를 피해 처마 밑으로 몸을 숨겼다. 뜨겁게 달궈졌던 본정* 거리가 천천히 식어 가고 있었다.

처마 밑에 몸을 웅크린 사람들은 빗물을 털어 내느라 분주했다. 몇 걸음 걷지 않았지만 어느새 하연의 몸도 제법 젖어 있었

본정(本町) 일제 강점기 때 충무로를 일컫는 말

7

다. 하연은 곱게 수가 놓인 손수건으로 젖은 몸을 대충 닦는 시늉을 하고는 그저 가만히 지붕을 세차게 두들기는 빗방울을 올려다보았다. 하늘이 저리 서럽게 울고 있으니 내 눈물은 그저 삼켜야 할 것 같았다.

우진이 어렵게 입을 떼 이별을 말했을 때, 하연은 아무 말도 하지 않았다. 곧 떠날 것을 짐작했지만, 언제쯤 어디로 갈 것인지는 묻지 않았다. 헤어짐은 그저 헤어짐일 뿐이니까. 모든 이별에는 변명도 이유도 필요 없다. 그러니 각자의 내일에 대해 궁금해할 필요 또한 없을 터. 말없이 찻잔을 매만지던 둘은 조용히 자리에서 일어섰다.

"오라버니, 부디 몸 건강하세요."

찻집을 나서며 하연이 먼저 우진에게 손을 내밀었다. 하연의 손을 내려다보는 우진의 낯빛이 어두웠다. 천천히 하연의 손을 마주 잡은 우진의 하얀 손이 파르르 떨렸다.

'하아. 저 여린 손으로 무엇을 하신다는 것인가.'

하연은 그 손을 더 꼭 붙잡고 싶었다. 우진의 바짓가랑이에 매달려서라도 돌아서는 연인을 어떻게든 붙잡고 싶은 충동을 느꼈다. 오라버니마저 떠나면 나는 어찌하냐고. 울부짖으며 매달리고 싶었다. 하지만 그렇다 한들 되돌릴 수 있을까.

우진은 오래 고민했을 터였다. 그는 그런 사람이었다. 무언가를 결정하는 데에 남들보다 많은 시간을 썼고, 한번 결정한 일은 번복한 적이 없었다. 그를 알고 있는 하연은 되돌릴 수 없는 그를 바라보며 애써 활짝 웃었다. 다시 볼 수 없을 연인에게 마지막 모습만큼은 밝고 싶었다. 그런 하연을 바라보며 우진도 씁쓸히 웃었다. 유행하던 신파극 속 연인들은 그리도 절절하던데 하연은 이 덤덤한 이별이 더 가슴 아팠다.

이제 우진마저 떠나 버렸다.

무남독녀 외동딸로 자란 하연은 어려서부터 우진을 잘 따랐다. 죽마고우였던 그들의 아버지는 하연이 어미 배 속에 있을 때부터 사돈을 맺을 것을 약속했다. 그러니 우진은 배 속에서부터 혼인을 약속했던 정혼자인 셈이다. 그 오래된 연인이 이리 하연의 곁을 떠나간다. 뜨겁게 사랑하지는 않았지만 그렇다 한들, 이 사랑이 가볍다 할 수 있을까. 사랑의 깊이를 어찌 뜨거움으로만 재단할 수 있을까. 하연은 제 눈에 눈물이 고이는 것을 잊은 채

쓸쓸히 웃었다. 그 웃음이 조금 전 우진의 것과 닮아 있었다.

그가 사랑 대신 선택한 길. 그 길을 응원하는 것이 지금 하연이 할 수 있는 유일한 것이었다. 오랜 시간 그를 지켜본 하연의 믿음이고 또 배려였다.

비는 금세 잦아들었다.

처마 밑에서 부산스럽던 사람들이 하나둘 빠른 걸음으로 빗속을 헤쳐 나갔다. 하연도 손우산을 만들어 거리로 나설 참이었다.

"돈도 명예도 사랑도 다 싫다."

익숙한 〈다뉴브강의 잔물결〉 멜로디 위로 윤심덕의 목소리가 흘러나왔다. 현해탄에 연인과 몸을 던졌던 윤심덕의 목소리가 오늘따라 더 애잔하게 들렸다. 하연은 그 멜로디를 들으며 천천히 걸음을 옮겼다.

'돈도 명예도 사랑도 다 싫다……. 하아……. 그러나 나는 살아야겠다.'

"아이고, 거참 날씨도 이상스럽구면."

"그래도 더위가 한시름 꺾였으니 다행 아니오."

"아따. 저기 좀 보소. 무지개가 다 떴네."

언제 그리 퍼부었나 싶게 시커먼 비구름이 물러간 뒤로 쨍한 햇볕이 다시 내리쬐기 시작했다. 얄팍하게 고인 물웅덩이가 햇살에 반짝였다. 하늘엔 반 타원의 무지개가 또렷하게 제 색을 보여 주고 있었다. 그러고 보니 정말이지 오랜만에 보는 무지개였다. 반가운 무지개였지만, 모두가 그저 한번 올려다볼 뿐 오래 머물러 쳐다보는 이는 아무도 없었다. 무지개에 넋을 팔기에는 모두가 바쁘고 지쳐 있었으니까. 하연도 이내 다시 발걸음을 옮겼다.

"아이고. 하연 아씨 아닙니까? 어디 좋은 데 다녀오시는 모양입니다."

하연의 걸음을 막아서고, 중절모를 들었다 내리며 인사를 건네는 이는 다름 아닌 백강철이었다. 하연은 그저 고개를 까딱하고 이내 지나쳤다. 그런 하연의 앞을 강철이 다시 막아섰다.

"아씨께서 어찌한 일로 본정에 다 나오시고. 어디 책방이라도 다녀오시는 길입니까? 아씨, 일 끝나셨음 저랑 어디 가서 차라도 한잔하시렵니까? 제가 이 혼마치*에서 제일 좋은 곳으로 모시겠습니다."

"아니요. 급히 숙부님 심부름을 다녀가는 참입니다. 일 보시지요."

"어허. 참의 어른이 무슨 중한 일이기에 우리 아씨께 청을 다하셨답니까?"

숙부의 핑계를 대었지만, 강철은 아랑곳없이 평소와 다른 하연의 옷차림새가 궁금하다는 듯 그녀를 찬찬히 훑었다. 젖은 옷감이 들러붙어 그렇지 않아도 신경이 쓰이던 차에 하연은 그 시선이 매우 불쾌했다.

"그만 일 보시지요."

하연이 돌아섰지만, 강철은 그 앞을 다시 막아섰다. 강철의 가다마이에서 금 시곗줄이 번쩍였다.

"팔자에 없는 글공부가 고단하여 책방을 핑계 삼아 나온 길인데, 이리 아씨를 뵈니 반가워서 그런 거 아닙니까. 제가 인삼 커피 한잔 대접해 드릴 테니, 잠시 쉬었다 가시지요. 젖은 옷도 마

혼마치 본정의 일본말

12

저 말리시고요."

"일 없습니다. 그만 비켜서시지요."

중절모를 삐딱하게 쓰고 번뜩이는 안경테를 매만지며 자신의 앞을 막아서고 있는 강철이 하연은 몹시 언짢았다. 한 번 더 앞을 막아서면 뺨이라도 한 대 내려칠 참이었다. 원수로 삼은 전당포 백 사장의 아들이 감히 하연의 앞에서 이기죽거리다니. 하연은 작은 주먹을 꼭 말아 쥐었다.

'네놈이 감히, 어딜 감히……'

싸늘한 하연의 얼굴을 마주 보고 있던 강철의 얼굴도 천천히 굳어져 갔다.

"에구머니나. 아씨! 하연 아씨! 여기 계셨군요! 아휴, 한참을 찾았습니다!"

냉기가 흐르는 두 사람 사이에 끼어든 이는 다름 아닌 수희였다.

"어머나! 저 근사한 모던 보이는 뉘신 지 멀리서부터 보고 궁금했는데, 강철 씨였군요. 역시 경성 최고의 멋쟁이십니다. 그런데 두 분 말씀 나누던 중이셨습니까? 그나저나 이를 어쩌나……. 강철 씨, 제가 급한 일이 있어 그러한데, 이야기 끝나셨으면 아씨는 제가 좀 모셔가도 될까요?"

허리가 잘록한 원피스를 입고 종 모양의 예쁜 모자를 눌러쓴 수희가 애교 섞인 목소리로 강철을 올려다보며 물었다.

"어허. 거참. 나는 그저 아씨께 안부나 여쭙던 참이었소. 아씨께 내가 뭐 큰 볼일이 있을 것도 아니고……. 급한 일이 있다 하니, 숙녀분들 그럼 다음에 또 뵙죠. 그럼, 전 이만."

강철은 멋쩍은 듯 웃으며 어서 가 보라는 듯 손짓을 했다.

"네. 그럼, 다음에 또 봐요. 강철 씨!"

수희는 하연의 팔짱을 낀 채 돌아서며 강철을 향해 손을 흔들어 인사했다. 강철도 어색하게 맞인사를 건넸다.

하연은 뜻밖의 지원군이 고마웠다. 뒤돌아 몇 걸음 걷던 하연이 수희에게 물었다.

"수희야, 어쩐 일이야? 나를 찾고 있었어? 왜? 무슨 일 있니?"

"일은요, 무슨. 지나면서 보니 아씨가 웬 놈팡이 같은 놈한테 걸려 난감하신 눈치라 도와드리려고 왔죠."

"치. 놈팡이? 아깐 경성 최고의 멋쟁이라면서?"

"하이고. 멋쟁이 어디 다 얼어 죽었답니까? 혼마치에 초롱꽃 가로등 불 켜질 때쯤이면 일없이 슬슬 기어 나오는 빈둥거리는 혼부라*가 저 백강철 아닙니까. 경성 바닥이 다 아는 저 실없는 혼부라가 경성 최고 멋쟁이일 리가 있습니까?"

하연은 가릴 것 없이 속 시원하게 뱉어 버리는 수희의 입담에 피식 웃음이 나왔다.

"그나저나 아씨, 어디 좋은 데 다녀오시는 모양이네요. 우리 아씨가 오늘 어찌한 일로 이리 예쁘게 양장을 다 입으시고……."

"으, 응. 그냥……. 오늘은 좀 다르게 보이고 싶어서. 왜? 이상해?"

"아뇨, 전혀요."

수희가 하연의 옷차림을 찬찬히 훑었다. 하늘하늘한 원단의 연보랏빛 원피스에 널찍한 레이스 카라가 덧붙여진 깔끔한 디자인이었는데, 하연의 작은 체구에 잘 들어맞았으며 그녀의 핏기 없는 얼굴에 생기를 불어넣고 있었다. 옷을 지은 이의 솜씨와 옷을 고른 이의 안목이 보통이 아니라는 것을 수희는 금세 알 수 있었다.

"옷이 아씨한테 정말 잘 어울려요. 어느 양장점 옷인지 솜씨도

혼부라 혼마치를 일없이 헤매는 젊은이를 이르는 속어

15

보통이 아니고요."

"응. 얼마 전에 숙부님이……."

"어머나! 어쩐지……. 그럼 이 옷 화신백화점 옆 그 3층짜리 양장점! 맞죠? 제가 얼마 전에 참의 나리가 그곳에서 나오시는 걸 뵈었거든요. 첫눈에 보통 솜씨가 아니다 했어요. 그 양장점 솜씨는 말하면 입 아프지요. 그런데 아무리 솜씨가 좋아도 아휴, 가격이 너무 비싸서 저희 같은 것들은 언감생심 꿈도 못 꿔요. 아씨, 저 한번 만져 봐도 돼요?"

수희는 말이 끝나기 무섭게 하연의 옷을 매만졌다.

"어머나. 갓난아기 피부가 이처럼 부드러울까요?"

하연은 수희가 말한 양장점이 어디인지 알 수 없었다. 치수를 재러 간 적도 없었으니까. 숙부는 매년 하연의 생일날 연보랏빛 양장을 한 벌씩 선물했다. 깡마른 여자아이가 수수한 한복을 입고 숙부님 댁 대문으로 들어섰던 그해 여름부터 얼마 전 하연의 18살 생일날까지 한 해도 거르지 않고 매번 연보랏빛 양장이었다.

"정말 한여름날의 연꽃 같구나."

양장이라고는 입어 본 적이 없던 깡마른 열 살 여자아이가 숙부에게 생일 선물로 받은 양장을 처음 입고 무척 어색해했던 날, 숙부는 무심히 그 한마디를 던졌다. 그리고는 매해 연보랏빛 양장을 하연에게 생일 선물로 건네었다.

"수희야, 그리 맘에 들면 이 옷 너 줄까?"

"예에? 에구머니나! 아씨, 그게 아니라 저는, 그러니까……. 그저 옷이 너무 고와서……. 제가 감히 참의 나리 선물을 탐내거나 그런 건 아니고, 그러니까 제가 어쩌자고 참의 나리의 선물을……. 아이고, 아씨 죄송해요."

손사래를 치며 당황하는 수희를 보니 하연이 더 미안해졌다. 참의 나리의 위엄이란 것이 이런 것인가.

"어이구, 천수희. 내가 너한테 이깟 옷 한 벌 선물 못 할까. 그래, 이 옷은 잘 맞지도 않을 테니……. 좋아! 내가 나중에 돈을 벌면 그 양장점서 네 옷을 제일 먼저 맞춰 줄 테야. 약속해."

하연은 부러 활짝 웃으며 말했다.

"참말요? 아이고. 우리 아씨, 만석꾼 되셔야겠네. 자, 그럼 우리 아씨한테 비싼 양장 한 벌 얻어 입기로 했으니 오늘은 제가 빙수라도 한 그릇 대접해야겠네요. 아씨, 어서 가요."

수희는 그제야 난감했던 표정을 지우고 하연의 팔짱을 단단히

긴 채 옆 골목으로 이끌었다.

"아씨, 제가 먹어 본 빙수 중에 이 집처럼 맛있는 빙수가 없었다니까요. 저만 믿고 따라오세요."

"그래? 너 나를 너무 맹탕으로 보는 거 아니지? 나도 빙수 꽤 많이 먹어 봤다고."

"아직 이 집 빙수는 못 드셔 보셨죠? 여긴 정말 경성 최고의 빙숫집이에요. 제가 장담해요. 얼른 따라오세요."

수희는 작은 포목점 위에 딸린 간판도 잘 보이지 않는 2층 빙숫집으로 하연을 이끌었다.

"음, 저는 딸깃물 빙수를 먹으렵니다. 아씨는요?"

"두 개나 시키게? 하나로 나눠 먹지."

"양장 한 벌 값인데 하나로 되겠어요? 아씨는⋯⋯. 레인보우, 레인보우 빙수 어때요? 레인보우가 무지개란 뜻이래요. 아씨, 아셨어요?"

"치. 너 제법이구나. 좋아, 그럼 그걸로 하자."

빙수를 시키고 마주 앉은 둘은 한참을 노닥거렸다. 하연은 복잡했던 마음이 조금 나아지는 것 같았다.

수희는 어린 시절 하연이의 몸종이었다. 몸이 약했던 하연의 어미 대신 행랑어멈이 하연을 키우다시피 했는데, 그 행랑어멈의 딸이 바로 수희였다. 한 해 일찍 하연이 태어났다고는 하나 수희가 이른 봄에 태어났으니 둘은 그저 몇 개월 차이 없이 자란 동무였고 또 친자매보다 가까운 사이였다. 하연의 아버지가 총독부로 끌려간 이후로 집안의 버팀목이던 하연의 할아버지까지 세상을 뜨면서 하연의 고래 등 같은 저택은 순식간에 허물어져 갔다. 행랑어멈과 수희도 하연이 숙부 집에 맡겨질 그 무렵 다른 거처를 마련해야 했다. 하지만 이처럼 어쩌다 오며 가며 만나는 날이면 둘은 여전히 친자매처럼 정을 나누고, 시간 가는 줄도 모르고 종알거리며 이런저런 이야기를 풀어냈다.

"음, 어때요? 아씨, 이 집 빙수가 제법이지요?"

"응. 정말 맛있다."

곱게 갈린 얼음 위로 딸깃물이 부어진 수희의 빙수에도 아무렇지 않게 제 숟가락을 꽂아 맛을 보며 하연은 연신 고개를 끄덕였다. 노랗고 파랗고 빨간 여러 가지 맛이 섞인 하연의 빙수도 혀끝이 알알하면서 달큼한 과일 향이 코끝을 스치는 황홀한 맛이었지만, 오롯이 진한 딸기향이 가득한 딸깃물 빙수가 참 맛이

좋다고 하연은 생각했다. 빙수 맛에 감탄하다 보니 본정의 가로
등에 불이 켜지기 시작했다. 하연은 일어설 채비를 했다.

"인제 그만 가 봐야겠어."

"전차 타는 곳까지 같이 가요, 아씨."

"괜찮아. 나 혼자 갈 수 있어."

"제가 오늘은 불러 주는 곳이 없어서 그래요. 같이 걸어요."

해가 진 후의 본정의 거리는 낮과는 또 다른 느낌이었다. 초롱
꽃 가로등과 화려한 네온사인, 이브닝드레스에 하이힐을 신은
모던 걸과 중절모를 눌러쓴 모던 보이가 거리를 채웠다. 하연은
그 화려함이 어지러웠다. 수희와 헤어지고 서둘러 전차에 탄 하
연은 창에 머리를 기댔다.

'돈도 명예도 사랑도 다 싫다.'

낮에 들었던 윤심덕의 노래를 속으로 흥얼거렸다. 그러면서
또 생각했다.

'나는 그래도 살아야겠다.'

"네 아버지 살아 계신다. 하연아, 그러니……."

숨을 거두던 어머니의 마지막 말이었다. 하연은 그 말을 되씹었다.

'아버지가 살아 계신다. 아버지가 죽지 않았다.'

어머니가 끝내 뱉지 못한 마지막 말이 무엇인지 하연은 알지 못했다. 아버지가 살아 계시니 아버지를 기다리라는 것인지, 네 아버지가 죽지 않았으니 어서 아버지를 찾아 나서라는 것인지, 그도 아니면 인제 그만 잊고 그저 제 삶을 살라는 것인지……. 어머니는 끝내 말을 잇지 못한 채 숨을 거두었다. 하지만 하연이 기억하는 어머니라면 아마도 기다리라 하셨을 것 같았다. 어머니는 그저 평생을 조선의 여인으로, 참고 또 참으며 그저 묵묵히 기다리고 또 기다렸던 여인이었으니까. 기다리는 것이든, 찾는 것이든, 무엇이든 상관없었다. 하연과 같은 하늘 아래에 아버지가 아직 살아 계신다는 것은, 그 사실만으로도 딱 죽고 싶던 하루하루의 삶에서 하연이 살아야 할 이유가 되었으니까.

'아버지…….'

대대로 관직을 이어 오던 민씨 가문의 장손인 하연의 아버지가 오랜 기다림 끝에 첫딸을 낳았을 때, 모두가 크게 실망했다.

대문에 그저 숯만 달린 금줄을 매달며 하연의 할머니는 혀를 차다 못 해 눈물을 찍어 내었고, 하연의 할아버지 또한 서운함에 그날 진지를 제대로 드시지 못했다. 하연의 어머니마저 갓 낳은 딸을 바라보며 한숨을 내쉬었는데, 하연의 아버지만은 달랐다. 양반 체통도 잊고 아이를 얼싸안고 함박웃음을 지었으며, '한여름의 연꽃'이라는 하연의 이름을 지어내기 위해 몇 날을 밤낮으로 고민했다. 어린 하연의 머리를 직접 매만지고, 다 큰 여자아이를 무동 태우는 하연의 아비를 모두가 뒤에서 팔불출이라 흉을 보았지만, 그는 아랑곳하지 않았다. 늘 사랑이 가득 담긴 눈으로 하연을 바라보았고, 끼니때가 한참 지나서도 늘 하연을 앞에 두고는 배부른 표정이었다.

하연은 아버지와 처음 창경원 나들이했던 날을 기억한다. 하연의 성화에 못 이겨 창경원에 들른 아버지는 명정전 앞이 꽃밭으로 변한 모습에 내내 얼굴이 굳어 있었다. 그도 그럴 것이 조선의 문무 양반들의 품계석이 배열되었던, 나라의 큰 행사를 치르던 곳이 바로 명정전이었다. 그 앞이 그저 꽃으로 채워져 있었으니 나라 잃은 분노와 설움이 말간 꽃잎을 본들 쉬 사라질 수 있었을까.

하연은 아버지의 어두운 얼굴은 그저 조선인이라면 누구나 가지고 있는 분노와 설움이라고 생각했다. 그 분노와 설움이 독립을 향한 힘겨운 투쟁과 맞닿아 있으리란 걸, 어린 하연은 알지 못했다. 아버지가 읽어서는 안 될 책들을 읽고, 모임을 주도하고, 농민과 노동자들을 일깨우는 독립운동을 하고 있었다는 것을. 그리고 결국, 아버지가 그 무섭다는 '치안 유지법'에 걸려 낡은 거적에 쌓인 채 얼굴도 알아볼 수 없이 처참히 상한 시신으로 돌아왔을 때까지도, 어린 하연은 제 아비에 대해 알고 있는 것이 아무것도 없었다.

남색 클로쉐*

'경성역 오후 2시'

　수희는 시간에 맞춰 단장하고 경성역으로 향했다.

　파란 하늘 아래에서 청동색 반구형 지붕을 짊어지고 있는 빨간 벽돌의 경성역은 많은 사람을 뱉어 내고 또 빨아들이고 있었다. 수희는 이 많은 사람 틈에서 도대체 누구를 찾아야 하는지 알 수 없었다. 수희는 역사 중앙 처마에 걸려 있는 대형 벽시계

클로쉐 종 모양의 여성용 모자

를 올려다보았다. 초선 언니가 말한 2시까지는 아직 시간이 몇 분쯤 남아 있었다.

"수희야, 경성역으로 오후 2시까지 꼭 나가 있어야 해. 알겠지? 하지만 15분이 넘도록 널 알아보는 이가 없으면 더는 기다리지 말고 돌아와. 꼭!"

일패 기생인 초선의 급한 심부름이었다. 총독부 경무국의 높은 사람들이 명월관에서 초선을 찾고 있었다. 어찌 이 벌건 대낮부터 술판이냐고 초선이 평소답지 않게 화를 내었다. 다른 어떤 중한 약속과 일이 겹쳐 난감해 보였다. 예약 없이는 부를 수 없는 초선이었지만, 총독부 경무국의 윗선이라니 초선도 달리 어쩔 도리가 없는 듯했다. 수희는 평소 자신을 살뜰히 챙겨 주는 초선이 난감해하는 모습을 보고 선뜻 나섰다.

"언니, 제가 다녀올게요. 어디로 다녀오면 되나요? 누구를 만나면 되죠? 제가 약속 장소로 가서 언니가 일이 생겨 못 온다고 그리 전하면 되는 거죠?"

어쩌면 초선이 숨겨 둔 진짜 애인의 얼굴을 볼 기회일지도 모른다고 생각하니 수희는 조금 설레기도 했다. 수희를 바라보며 잠깐 망설이던 초선은 다른 방도가 없다는 듯 수희에게 약속 장소와 시간을 알려 주었다.

"수희야, 15분 이상 기다리지 말고. 자, 이 모자 쓰고 나가. 그러면 그 사람이 널 내가 보낸 사람인 줄 알아볼 거야."

초선이 내민 것은 평소 수희가 탐내던 붉은 보석 장식이 붙은 짙은 남색의 클로쉐였다.

눈망울이 크고 예쁜 수희가 깔끔히 단장하고 클로쉐를 눌러쓴 모습은 초선 못지않은 미색이었다. 경성역을 오가는 사람들이 수희를 힐끔거렸다. 경성역에서 짐을 나르는 춘복도 수희를 발견했다.

'어라? 저 가스나 저거. 천삼월이 아이가? 맞네, 저거이 천수희. 허허, 참.'

코흘리개 꼬맹이가 언제 저리 컸을까. 반가운 마음에 인사나 할까 하던 춘복이 멈칫했다.

'어라? 붉은 장식이 붙은 남색 모자⋯⋯. 저것은 초선의 것인데⋯⋯.'

그제야 춘복은 수희가 초선의 심부름을 나온 것이라는 걸 알아채었다. 그렇다면 계획대로 저 모자를 손에 넣어야 한다. 춘복은 모자를 깊이 눌러쓰고 수희를 향해 움직였다. 그때, 그의 예민한 신경이 주변으로부터 심상치 않은 낯선 시선을 감지했다.

'미행인가?'

수희의 뒤가 밟힌 것인지, 아니면 자신의 뒤가 밟힌 것인지, 혹은 그저 경성역을 훑고 있는 의미 없는 시선인지 정확하지 않았다. 하지만, 수상한 시선을 감지한 마당에 굳이 수희를 위험에 끌어들일 필요는 없었다. 춘복은 수희를 향하던 발걸음을 거두고 경성역을 오가는 다른 이들을 살폈다. 때마침 경성역에 막 도착한 듯 피곤한 얼굴의 한 사내가 춘복을 불러 세웠다.

"어이! 이보시오! 거, 이 짐 좀 받아 주시게."

"아, 예, 예. 짐 들어 드릴까예? 어디까지 가십니꺼?"

사내와 가격을 흥정한 춘복은 사내의 짐을 낡은 지게에 짊어지고 경성역 광장을 벗어났다.

수희는 다시 한번 시계를 올려다보았다.

초선이 15분 이상은 기다리지 말라고 했지만, 이미 시계는 30분을 넘기고 있었다. 초선의 숨겨 둔 애인이라면 분명 곱상하게 생긴 엘리트일 테다. 그런데 아무리 찾아보아도 점잖고 곱상하게 생긴 엘리트의 모습은 좀처럼 눈에 띄지 않았다. 경성역이 약속 장소인 것으로 보면 멀리서 유학을 하고 돌아오는 길일지도 모른다. 그런데 고작 15분을 기다리라고 하다니.

'초선 언니는 정말 남자 애간장을 태우는 것은 타고난 것 같아.'

수희는 피식 웃었다. 수희는 초선 대신 그에게 야박하지 않게 조금 더 넉넉한 시간을 내줄 참이었다.

그때, 하늘에서 난데없이 굵은 빗방울이 뚝뚝 떨어지는 것이 아닌가. 어느새 시커멓게 몰려든 먹구름은 하늘을 덮었고, 금방이라도 많은 비가 쏟아질 것 같았다. 하는 수 없이 수희는 역사 안으로 들어섰다.

경성역은 지하 1층부터 지상 2층까지 지어진 널따란 건물이었지만, 비를 피해 몰려든 사람들로 발 디딜 틈이 없었다. 수희는 사람들에게 치이다가 조금 한적한 곳을 찾아 2층으로 올라갔다.

경성역 2층에는 유명한 인사들이 자주 모임을 한다는 양식당이 자리 잡고 있었다. 겉보기에도 꽤 으리으리해 보였다. 수희는 호기롭게 양식당 안으로 들어가 차라도 한잔 마시고 싶었다. 하지만 차 한 잔 값이라고 해도 길거리 다방에 비하면 몇 곱절은 될 것 같아 망설여졌다. 사실 수희가 버는 돈으로 아무리 비싸다 한들 차 한 잔 값이야 치를 수 있었지만, 곧 레코드판을 내려면 수월찮은 돈이 필요했으니까. 수희가 아쉬운 채로 그냥 발길을 돌리려고 할 때, 수희의 차림새를 살피던 종업원이 조심스럽게 다가와 물었다.

"혹시 기다리는 손님이 계십니까?"

"네? 아……. 네……."

"아, 그렇다면 안에서 기다리셔도 됩니다. 들어오세요."

수희는 나비넥타이를 맨 친절한 사내를 따라 얼떨결에 양식당 안으로 들어섰다.

조선 최초로 서양 음식을 시작한 식당이라는 이곳은 수희의 생각보다 훨씬 더 고급스러웠다. 원형 원목 탁자 위엔 손님을 기다리는 은색 식기들이 번쩍거렸다. 테이블마다 은촛대도 하나씩 놓여 있었다. 신기한 듯 주변을 살피는 수희를 손님들이 한 번씩 힐끔거렸다. 그도 그럴 것이 수희가 탁자에 놓여 있는 은 식기보다 더 반짝이고 있었으니까. 하지만 수희는 그 시선이 불편했다. 남의 집 종살이나 하던 천한 기생년이 감히 어딜 들어온 것이냐고 질책하는 것만 같았기 때문이다. 마침내 그 불편한 시선을 견디다 못한 수희가 그만 일어서려고 할 때, 누군가가 수희 곁으로 다가왔다.

"천삼월? 어머, 맞네. 근데, 네가 여기엔 어쩐 일로?"

백금주였다.

"한성 권번 소속이라더니, 어디 돈깨나 있는 애인이라도 생긴 모양이지?"

카랑한 금주의 목소리에 주변의 시선이 한꺼번에 수희의 얼굴에 닿았다. 금주의 일행인 듯한 화려한 치장의 여자들 틈에서는 키득거리는 웃음소리가 들려왔다. 수희는 얼굴이 붉어지는 것을 느끼며 금주를 노려보았다.

"어머나! 삼월아, 근데 네가 쓰고 있는 그 모자는 정말 예쁘다. 그거, 네가 산 건 아니지? 엄청 비싸 보이는데? 네 애인이 사 준 거야?"

금주의 손이 수희가 쓰고 있는 모자를 향해 뻗어 가고 있었다. 수희는 그 손을 세게 내리쳤다.

"그래! 네가 감히 이 모자에 손을 대면 무척 화 내실 그분이 사 주신 거야. 그러니 손대지 않는 것이 네 신상에 좋을걸?"

커다란 눈이 벌겋게 달아올라 야무지게 대거리를 하는 수희를 보자 금주는 슬그머니 기가 꺾였다. 수희는 금주를 무시한 채로 벌떡 자리에서 일어나 양식당을 빠져나왔다.

'나쁜 년. 제 년은 일본 놈들 밑이나 닦아 주는 개놈 딸년 주제에. 제 년도 조선인이면서 부끄러움도 없이. 쳇, 제 아비가 벌어들인 그 더러운 돈으로 신여성 행세나 하며 돌아다니는 정신 나간 년. 에라, 속도 없는 쓸개 빠진 년아!'

수희는 속으로 욕을 한 바가지 쏟아부었다. 그런데도 분이 풀리지 않아 자꾸만 눈물이 차오르려고 했다. 수희는 그런 자신이 못마땅해 입술을 꽉 깨물었다.

수희가 역사 밖을 빠져나왔을 때, 다행히 비는 그쳤다. 수희가 올려다본 말간 하늘에는 거짓말처럼 일곱 빛깔 고운 무지개가 떠 있었다. 수희는 그 무지개의 끝을 어림 살폈다.

'저 무지개의 끝은 어딜까? 그곳에는 어떤 세상이 있을까? 거기서도 나는 남의 집 종살이나 하던 천한 기생년이라고 손가락질당할까? 아니야, 그럴 리 없어. 이런 빌어먹을 세상이 설마 또 있겠어? 더러운 돈이라 할지라도 돈만 있으면, 개 같은 놈들이 주제도 모르고 으스대며 살 수 있는 이런 추잡한 세상, 정말 지굿지굿해. 저 무지개 너머엔 더 나은 세상이 있을 것이야. 그래야만 해. 그래야 그런 세상에 닿을 꿈이라도 꾸며 살아내지 않겠어?'

초선 언니의 숨겨 둔 애인도 만나지 못했고, 하필이면 재수 없게 백금주를 만나 속이 뒤집힌 수희는 속상한 마음도 가라앉힐 겸 그저 조금 걷기로 했다.

얼마큼 걸었을까.

어느새 본정 거리에 들어섰다. 수희는 화려한 본정 거리가 좋았다. 본정은 모던 보이와 모던 걸이 활보하는 경성의 중심이었다. 그러다 보니 하루가 다르게 그 거리는 빛이 나고 화려해졌다.

어제와 오늘이 다른 세상, 마치 꿈을 꾸는 듯한 세상.

무엇보다 본정 거리를 거닐다 보면 어딜 가더라도 유성기에서 흘러나오는 멜로디들이 끊기질 않았다. 오래전 명을 달리한 한 맺힌 가수의 노래, 요즘 유행하는 멜로디가 경쾌한 노래, 그리고 피아노 연주의 서양 클래식 음악, 남성의 굵직한 목소리와 유리창을 깰 것 같은 여성의 높은 목소리가 어우러진 오페라 음악까지……. 수희는 유성기에서 흘러나오는 노래를 흥얼거리고, 리

듬에 맞춰 고개를 까딱거리며 본정 거리를 거닐었다. 그러다 보니 기분이 좀 풀리는 것 같았다.

'언젠가 저 유성기에서 내 노래도 흘러나오겠지.'

기분 좋은 상상을 하던 수희의 눈에 실랑이하는 남녀의 모습이 보였다. 멀리서 보았지만, 수희는 한눈에 그 여인이 하연 아씨임을 알아차렸다. 게다가 하연 아씨 앞의 저놈은 금주의 오라버니 강철이었다.

'남매가 아주 쌍으로 꼴값을 떠는구나.'

수희는 활짝 웃으며 강철에게 다가갔다. 순순히 하연 아씨를 놓아 주지 않으면, 네놈이 술값으로 권번에 진 빚을 아비인 백 사장한테 가서 받아 내겠다고 협박이라도 할 참이었다. 하지만 강철은 수희의 속내를 들여다보기라도 한 것인지 생각보다 쉽게 물러섰다.

'흥. 그 누이에 그 오라비라지. 에라이, 모자란 놈.'

수희는 그런 강철을 속으로 실컷 비웃었다.

빙숫집에서 마주 앉은 하연은 안색이 좋아 보이질 않았다. 참의 나리의 거대한 그늘에서 늘 고운 옷을 입고 매일 같이 흰쌀밥에 고기반찬을 먹을 텐데, 하연의 안색은 좀처럼 환한 날이 없었다. 늘 짙은 슬픔이 가득 담긴 어두운 얼굴이었다. 수희는 그런 하연이 위태로워 보였다. 금방이라도 부러져 바싹 말라 흔적도 없이 허공으로 사라져 버릴 것만 같았다.

수희는 하연을 바라보며 어린 시절의 그 곱던 안방마님과 따뜻했던 대감마님을 떠올렸다. 이내 가슴 한구석이 찌릿찌릿 저렸다.

안방마님은 나라가 망했는데 치장이 다 무슨 소용이냐며 노리개 하나 걸치지 않으셨으면서도, 수희의 생일은 꼭 기억하시고 곱게 물들인 댕기를 선물로 내주셨다. 큰 뜻을 품고 만주로 떠나겠다던 머슴에게는 더 묻지 않으시고 아끼시던 옥비녀를 건네셨다.

대감마님은 하연 아씨와 뒷마당의 꽃들을 직접 돌보시던, 늘 봄 햇볕처럼 따뜻했던 분이셨다. 하연에게 줄 선베이나 알사탕을 사 들고 오신 날이면, 수희를 불러 꼭 똑같이 나누어 주시곤 했다.

그뿐만이 아니었다. 어릴 적 하연과 수희가 다툼이 있었던 날, 수희는 억울하게 어미에게 매질까지 당했다. 뒤늦게 상황을 알아차린 대감마님은 수희를 불러 자초지종을 물으시고는 수희 대신 하연을 엄하게 꾸짖고 수희의 아픈 마음을 달래 주었다.

그리고 그날, 그날도 아마 오늘처럼 소나기가 한바탕 쏟아졌던 여름날이었을 것이다. 수희는 그날따라 자꾸만 성가시게 '삼월아, 삼월아' 하며 제 이름을 부르고 심부름을 시키는 어미가 못마땅했다. 심술이 난 수희는 예쁘지도 않은 이름 좀 제발 그만 부르라며 투정하다가, 급기야 저도 하연 아씨처럼 예쁜 이름이 갖고 싶다고 울며 떼를 쓰기 시작했다. 어미는 앞뒤 분간도 못하는 철없는 것이라며 당장에 매를 들었지만, 대감마님은 그날 밤 '수희'라는 이름이 적힌 종이를 전해 주셨다.

천한 종년 '천삼월'을 하연 아씨처럼 귀한 아이 '천수희'로 다시 태어나게 해 주신 분. 그러니 수희에게 대감마님은 아버지나 다를 바 없었다. 수희가 태어나기도 전에 죽었다던 진짜 아비 대신으로 수희는 대감마님을 아버지라 생각했다.

그런 대감마님이 총칼을 든 일본 경찰에게 끌려가던 날, 수희는 세상을 다 빼앗기는 것 같았다.

"우리 대감마님이 뭔 죄가 있다고! 안 돼요! 우리 대감마님 잡아가지 말아요!"

어린 수희는 일본 경찰의 총검을 앞에 두고 사시나무 떨듯 벌벌 떨면서도 두 주먹을 불끈 쥐고 그 앞을 막아섰다. 쥐방울만한 계집아이의 눈엔 눈물이 가득 들어찼지만, 수희는 끝내 눈물을 참아 내며 일본 놈들을 야무지게 노려보았다. 그런 수희를 달랜 것은 대감마님이었다.

"수희야, 비켜서거라. 괜찮다. 별일 없을 것이야. 너무 걱정하지 말아라."

대감마님은 따뜻한 손으로 수희의 머리를 한번 쓰다듬어 주시고는 포승줄에 묶여 끌려갔다.

수희는 매일 같이 온갖 신께 빌고 또 빌었다. 하나님, 부처님, 그리고 온갖 신령님께 제발 대감마님이 무사히 돌아오시게만 해 달라고. 그리 해 주신다면 더는 심술부리지 않을 것이고, 시키는 일은 무엇이든 하겠노라고. 그러니 제발 아비를 두 번이나 데려가진 말아 달라고.

수희의 기도가 통했는지 며칠 후, 대감마님은 전향서인지 뭔지 그것만 쓰면 그 무서운 형무소에서 목숨을 건져 나올 수 있다고 했다. 그 소식을 듣고 수희는 곧 대감마님을 다시 뵐 수 있으리라 믿었다. 그깟 종이 한 장을 쓰는 일은 대감마님께 그리 어려운 일이 아닐 테니까. 하룻밤 사이에 수희에게 예쁜 이름을 뚝딱 지어 주셨던 대감마님이셨으니까.

'왜 대감마님은 그 종이 한 장을 쓰지 못하셨을까?'

문중의 어르신들까지 나서서 설득했지만, 대감마님은 끝내 그 종이 한 장을 쓰지 않으셨다.

결국, 대감마님은 형체를 알아볼 수 없을 만큼 상한 시신으로 돌아왔다.

"아니야! 대감마님이 아니야! 대감마님은 죽지 않아! 아니야! 아니라고!"

대감마님의 시신은 눈도 코도 입도 귀도 다 뭉그러지고 찢기고 퉁퉁 부어올라 전혀 알아볼 수 없는 얼굴이었다. 수희는 며칠 동안 밥도 먹지 않은 채로 목 놓아 울고 또 울었다. 수희의 곡소리가 하연보다도 더 크게 담을 넘었다.

어린 수희는 깨달았다.

이놈의 세상엔 신이 없다고. 하나님도 부처님도 온갖 신령들도 다 내팽개친 세상이, 우리가 사는 이놈의 더러운 세상인 거라고.

수희는 살포시 웃으며 빙수를 떠 입에 넣는 아씨를 바라보았다. 단아한 입매와 발그레한 볼에서는 안방마님을, 짙은 눈썹과 단단한 콧대에서는 대감마님을 보는 듯했다. 아씨와 마주 앉아 다디단 딸깃물 빙수를 삼키는 내내 수희는 자꾸만 목이 메는 것을 참고 또 참았다.

그저 촛불 하나

혁진이 밤새 작업한 원고를 들고 잡지사로 나가려는데, 때마침 우진이 흠뻑 젖은 채 사립문을 열고 들어섰다.

"형! 아니, 이 꼴이 뭐야? 도대체 어딜 다녀오는 길이야? 왜 비를 맞고 다녀?"

혁진은 급히 마른 수건과 옷을 꺼내 형에게 내밀었다.

"넌? 어딜 나가던 참이냐?"

우진의 눈이 혁진의 원고로 향했다. 혁진은 원고를 슬쩍 뒤로 숨겼다.

"가긴 어딜 가겠어? 돈 벌러 가지."

"서혁진. 너 내 말 똑똑히 들어. 굶어 죽어도 나라 팔아먹는 더러운 일엔 손대지 마. 그럴 시간 있으면 책이라도 한 자 더 봐.
알겠어?"

"응……. 다녀올게."

혁진은 우진의 따가운 시선을 느꼈지만 돌아보지 않고 그저
묵묵히 집을 나섰다.

혁진은 대학 진학을 포기했다. 온전히 혼자 벌어서 감당해야
할 학비가 부담스러웠기 때문이다. 아버지는 현상금이 걸린 수
배자로 소식이 끊긴 지 오래였다. 형은 돈벌이에는 조금도 관심
이 없었다. 상황이 이렇다 보니 어머니 병원비와 생활비 모두가
혁진의 몫이었다. 이런 와중에 큰돈이 드는 대학 학비까지 마련
할 자신이 없었다.

사실, 혁진은 문학 공부를 하고 싶었다. 영문학이든, 러시아 문
학이든, 구라파 문학이든, 조선을 떠나 문학 공부를 하고 싶은
욕심이 있었다. 소설을 쓰고 읽으며, 그 안의 또 다른 삶을 상상
하며 살아 낼 수 있다는 것은 참 행복한 일이었으니까. 조선말로
번역된 다양한 소설을 접할 때, 혁진은 답답한 현실을 벗어나 숨
통이 탁 틔는 기분이었다. 소설 속에서는 자유롭게 연애도 하고,
먼 타지로 떠나 새로운 세상을 모험하기도 하고, 과거로도 미래

로도 어디든 마음만 먹으면 갈 수 있었으며, 모든 사상과 가치관을 가차 없이 비판하고 풍자할 수 있었으니까.

대학에서 문학을 깊이 있게 배우는 일은 포기했지만, 혁진은 요즘도 가끔 늦은 밤 펜을 꺼내 들곤 했다. 서걱서걱 움직이는 펜 끝으로 응어리진 답답함을 토해내고, 세상을 품는 자유를 풀어내고 싶었다. 하지만 고된 노동으로 눈꺼풀은 항상 무거웠고, 늘 몇 자 적어 내지 못한 채 노트를 접어야만 했다.

혁진은 육체적인 고단함을 덜기 위해 얼마 전부터 잡지사에서 일을 받아 왔다. 일본어를 조선말로 바꾸는 번역 일이었는데, 공장 노동과 비교해 몸을 쓰는 일이 아니라 육체적인 고단함은 덜했다. 몸이 덜 피곤하면 밤에 소설을 쓸 수 있으리란 기대로 시작한 일이었지만, 되레 글을 쓰는 것은 더 힘들어졌다. 이유는 뻔하다. 혁진이 번역하는 잡지는 주로 일본 제국주의를 칭송하고, 조선인들이 황국 신민으로 살아가야 한다는 내용이었다. 그런 내용의 문장을 여러 번 읽어 가며 번역하다 보면 배알이 뒤틀리는 역겨움을 느꼈다. 간신히 일을 끝내고 나면, 온몸의 기가 다 빨려 다시 펜을 들 힘이 없었다.

혁진 역시 이 일을 오래 할 수 없다는 것을 알고 있었고, 이미 받은 돈 만큼만 일하고 조만간 그만둘 생각이었다. 하지만 우진이 '나라 팔아먹는 더러운 일'이라고 꼬집자, 심술부리듯 오기가 생겼다. 저 혼자만 고고한 선비인 듯 '굶는 것보다 못한 나라 팔아먹는 더러운 일'이라고 혁진을 벌레 보듯 보는 형의 말과 태도에 화가 났다.

'나라고 이 일이 좋아서 하겠는가? 굶는 것보다 못한 일이라고? 세상에 굶는 것보다도 못한 일이 어디에 있단 말인가. 이 땅의 모두가 똥지게를 짊어지고, 허리가 부서지도록 막노동을 하고, 있는 자들에게 머리를 조아리고, 더러운 꼴도 참아 가며 돈을 번다. 굶기 싫어서! 그저 먹고 살자고!'

혁진은 우진이 답답했다.

'일본이 만주국을 세웠다. 고래 등 같은 청나라가 무너진 것이다. 그런데, 아직도 조선이 일본으로부터 독립할 수 있다고 믿으란 말인가? 나도 조선인이다. 하지만 내가 태어났을 때부터 조선은 이미 빼앗긴 땅이었다. 내가 이 역겨운 글을 번역하여 이 땅을 왜놈들에게 팔아먹은 것이 아니다! 진즉에 그 잘난 어른들이 고고한 척 상투만 틀고 앉아, 제 나라와 백성을 제대로 지키지 못하고 빼앗기고 팔아먹은 것이지! 내가 이제 와 무슨 나라를 또 팔아먹는단 말인가? 나는 조선인이지만 조선은 내게 처음부터 없었단 말이다. 태어날 때부터 단 한 번도 가져 본 적 없는 나라를 이제 와 어떻게 팔아먹고, 또 어떻게 되찾으란 말인가?

그래, 좋다. 내가 만세를 부르고, 온몸에 폭탄을 매달고 저 총독부 앞에 가서 터트리면 독립이 된다는 것인가? 그리해서 될 수 있다면……. 그래, 내 그리하겠다. 내 이 목숨을 바쳐, 독립이 되고! 빼앗긴 나라를 되찾고! 그렇게 집안의 원수를 갚을 수 있다면! 내 기꺼이 그리하겠다고! 하지만 독립이 이루어지리란 희망은……. 어디에도 없다. 일본의 노예처럼 살아야 하는 이 더러운 꼴이 보기 싫다고, 이루어질 수 없는 꿈을 좇아야 옳은가? 죽어야 끝나는 그 미련한 길로 아버지처럼 형처럼 모두가 그리 고통 속에 살아야 하나? 그것이 옳은 길인가? 아니……. 난 모르겠다. 나는 오늘 하루 내가 살아 있고, 살아 있는 한 배고픈 고통에서 벗어나는 것, 그것이 내겐 더 중한 일이다.'

혁진은 아버지도 형도 원망스러웠다. 비바람이 부는 캄캄한 밤에 덜렁 촛불 하나를 들고 길을 찾겠다는 것이다. 그 촛불이 비바람을 멈추고 세상을 환히 밝힐 것이라 믿었다. 혁진은 그 믿음이, 그 어리석음이 답답했다. 그 말도 안 되는 믿음으로 처자식도 다 버려 버린 아버지가 원망스러웠다. 그리고 형마저도 어떻게든 이 세상에서 버티고 살아 낼 궁리하지 않고 아버지가 걷던 그 길을 걷겠다며 헛꿈을 꾸고 있다. 어렵게 들어간 대학도 그만두고 허송세월하는 형을 이해할 수 없었다. 형은 낮에는 가끔 책방에 가서 책을 읽거나 간간이 사람들을 만나기는 했지만, 감시하는 눈이 많아 주로 집 안에 머물렀다. 늦은 밤에는 야학에 나가 학생들을 가르쳤다. 종일 굶으며 냉수만 들이켜야 하는 날이 많았지만, 형이 말하는 '나라 팔아먹지 않는 일'을 왜놈들 세상에서 구하기란 쉽지 않았다.

'조선이 일본으로부터 독립한다는 것은 불가능하다.'

그 씁쓸함에 또다시 욕지기가 올라왔다.

잡지사에 들러 원고를 전하고, 혁진은 어머니가 계신 병원을 찾았다. 혁진의 뒤를 밟는 그림자가 느껴졌지만, 신경 쓰지 않았다. 아버지의 목에 현상금이 걸린 이후로 혁진을 감시하는 눈은 더 늘어났다. 혁진의 뒤를 밟으면 실오라기 같은 흔적이라도 찾을 수 있으리라 믿는 사람들일 테지만, 혁진은 그들을 대수롭지 않게 여겼다. 혁진에게는 숨길 만한 것이 아무것도 없었으니까.

'그래, 나를 더 샅샅이 살펴라. 내 오장육부 어디에도 내겐 아버지와 형 같은 미련한 용기 따윈 없다. 나는 조선에서 가장 비겁한 사내다.'

혁진은 그렇게 쓴웃음을 지으며 어머니 병실로 들어섰다.

"혁진이 왔니? 뭐 하러 또 왔어? 형은? 집에 별일 없지?"

입술이 바싹 마른 어머니의 얼굴은 어제보다 더 형편없었다. 뼈만 앙상하게 남은 어머니의 손은 세게 잡으면 바스러질 것만 같았다. 자식들의 안부를 겨우 몇 마디 물었을 뿐인데, 어머니는 숨을 가쁘게 내쉬었고, 마른 입술은 파랗게 질려 버렸다. 혁진은 어머니의 삶이 얼마 남지 않았음을 직감했다.

어머니를 이 지경으로 만든 것은 아버지다. 아버지가 상해로 떠난 후, 혁진의 가족은 총독부의 감시 대상이 되었다. 걸핏하면 이유도 모른 채 잡혀 들어가 심문을 당해야 했고, 매번 모든 정보를 공유한다는 각서를 쓰고 나서야 겨우 풀려났다. 아버지가 수배자가 된 이후로 혁진의 가족은 주변 사람 모두에게 외면당했다. 친척들과도 연락이 닿지 않았다. 그도 그럴 것이 자칫했다간 하루아침에 쥐도 새도 모르게 잡혀가 송장으로 돌아올 수 있는 일이었으니까. 혁진에게 아버지가 하는 일은 그런 일이었다.

모두를 비겁하게 만드는 일, 모두가 초라함을 느끼게 하는 일.

"어머니, 이것 좀 드셔 보소."

혁진이 낡은 가다마이 주머니에서 알록달록한 알사탕을 꺼내 어머니 앞에 내밀었다. 잡지사에서 몇 알 집어 온 것이었다.

"하이고. 내가 어린애도 아니고, 뭐 하러 이런 것을……."

폐병이 심해져 잘 드시지도 못하는 어머니의 마른 입안에 달콤한 침을 돌게 할 작은 알사탕을 하나 넣어 드리며 혁진은 억지로 웃음 지었다.

"너도 하나 묵어 봐. 자, 얼른."

어머니가 못 이기는 척 알사탕을 하나 입에 물고는 혁진에게도 권했다. 혁진도 하나 입에 물었다. 이상하게도 달콤함이 입안 가득 퍼져 가는데, 주름 가득한 어머니의 얼굴을 마주 보고 있자니 울컥울컥 속 깊은 쓴 물이 올라오는 듯했다.

총독부에 끌려가 아버지의 행방을 묻는 모진 고초를 겪고 돌아온 어머니는 금방이라도 돌아가실 것만 같았다. 하지만 그런 어머니를 받아 주는 병원은 어디에도 없었다. 독립군의 가족을 치료해 주었다가 괜한 트집이라도 당할까 싶어 모두가 외면했다. 하연이 아니었다면, 이 병원에서조차 치료받지 못했을 것이다. 미국의 선교사가 운영하는 이 작은 병원에서 하연이 의학을 배우고 있었기에 가능한 일이었다. 하연은 여자 고등 보통학교를 다니며 이곳에서 봉사하고 틈틈이 의학을 배우고 있었다.

병원은 작았지만, 환자는 근근이 있었다. 이 병원의 환자는 주로 여인들이었다. 아무리 아파도 의사에게조차 자신의 몸을 보이길 꺼리는 꽉 막힌 조선의 여인들. 그런 여인들에게 이곳은 조금이나마 편하게 오갈 수 있는 곳이었다. 아무래도 미국인 여의사를 중심으로 조선의 여학생들이 의학을 배우며 그들의 몸을 들여다보았기 때문일 테다.

병원 밖을 나서면 가슴골이 훤히 보이는 푹 패인 원피스에 허연 장딴지를 드러내고 다니는 경성의 모던 걸이 즐비하다. 화려한 네온사인으로 유혹하는 구락부에 들어가면 처음 만난 남녀가 부둥켜안고 춤을 추고 노래를 부른다. 그들은 마치 이 병원을 찾는 여인들과는 전혀 다른 세상의 여인들인 것만 같았다.

여인들만의 일인 것일까? 경성의 거리를 한번 둘러보면, 번드르르한 기와집의 뒷골목엔 여전히 초가집이 있었고, 그보다 더 멀리 떨어진 곳에는 사람이 살 것이라고는 믿어지지 않는 토막집이 즐비했다. 서양에서 들어온 식자재와 일본의 조미료가 듬뿍 들어간 기름진 음식으로 배를 불리는 이들이 있는가 하면, 칡뿌리를 씹으며 침을 삼키다 잠드는 아이들이 수두룩했다. 세상은 그렇게 극과 극으로 나뉘어 점점 더 벌어져 갔고, 또 숨 가쁘게 빨리 변해 가고 있었다.

논과 밭, 소달구지와 말이 다니던 길에 언제부터인가 자전거, 인력거가 돌아다니더니, 이제는 전차와 자동차를 신기하게 보는 이가 한 명도 없었다. 새로운 해가 뜰 때마다 또 새롭게 변하는 그런 세상이었다. 새로운 문화와 새로운 가치관과 새로운 신념들이 세상을 휘젓고 있는 세상. 이 어지럽고 갑갑한 세상에서 패자가 되지 않으려면, 앞만 보고 뛰어도 부족할 판이었다.

'눈앞의 길이 이리 까마득한데 어찌 자꾸만 뒤돌아본단 말인가. 한 치 앞도 보이질 않는 세상에서 어찌 그 먼 미래를 뜬구름 잡듯 꿈꾼단 말인가.'

혁진은 살아남는 것이 우선이라고 생각했다. 살아남으려면 먹고 살아야 했다. 미래를 꿈꾸는 것보다 현실을 받아들이는 것이 현명하다고 생각했다. 하지만 그럴수록 아등바등하는 현실 속에서 꿈을 잃어 가는 청춘이 갑갑했다. 미래를 꿈꾸지 않는 청춘이 비겁하게 생각되었다. 혁진의 청춘은 오늘도 그 치열한 고민 속에 갇혀 있었다.

병원을 나온 혁진은 청계천의 국밥집을 찾았다. 잡지사에서 받은 원고료로 추어탕이나 한 그릇 사 갈 생각이었다. 낮에 비를 맞고 흠뻑 젖은 채 돌아온 형에게 마음이 쓰였기 때문이었다.

달그락거리는 냄비를 품에 안고 청계천을 돌아 집으로 가는 길, 긴긴 여름 해가 저물어 가고 있었다. 빨래터에서 늦은 빨래를 하는 아낙네들, 골목 안의 어느 집의 저녁밥 짓는 냄새, 굶주린 개가 낑낑거리며 짓는 소리, 구멍가게 툇마루에서 할머니의 부채 바람을 맞고 잠이 든 아이…… 평온해 보이는 저녁 풍경이었다.

'그래, 이 봐라. 잊은 채 살고, 모른 채 살라 하면 그저 평온한 하루가 아닌가. 보지도 않고, 듣지도 않고, 더러운 꼴은 피해 가며 복받치는 억울함도 꾹꾹 눌러 담고……. 하아……. 그냥 그렇게 살아가면 그만 아닌가. 나라 팔아먹는 일이 따로 있고, 나라 구하는 일이 따로 있을까. 그냥 그저 되는 대로 살면 되는 것이지. 묻고 따져 봐야 똑 부러진 답도 없는 세상……. 그냥 그리 살

자. 잊은 채 살고, 모른 채 살자. 눈도 닫고, 귀도 닫고, 입도 닫은 채로 그냥 그리 살자. 아……. 그런데 왜 나는 이리도 고단한 건가? 하루하루가 숨 막히는 고통 속이다. 이 고통을 오롯이 느끼면서도 나는 살아 있음을 느끼지 못하고 있다. 그저 죽어 있는 기분이다. 아, 내가 살아 있는 것인가? 이 평온해 뵈는 저녁 풍경은 그저 죽은 자의 꿈인 건 아닐까? 나는 지금 꿈속을 살고 있나? 그렇다면, 내가 꾸는 이 꿈은 악몽인가, 길몽인가?'

혁진은 쉽게 답을 찾을 수 없는 물음을 가진 채, 터덜터덜 집에 도착했다. 혁진의 앉은뱅이책상에는 형의 메모가 놓여 있었다.

혁진아, 어머니 잘 모시거라. 미안하다.

형 또한 꿈속에서 헤매는 것인지, 혹은 꿈을 찾아 떠난 것인지 혁진은 알 수 없었다. 혁진은 그저 텅 빈 방 안에서 홀로 추어탕을 먹었다. 형의 몫까지 싹싹 비워 내었지만, 어쩐지 허기가 가시질 않았다.

춘복이 꿈꾸는 세상

"자, 그럼 내 짐을 잘 부탁함세. 나는 더위 좀 식히고 가야겠네."

"아, 네. 염려 마세요. 짐은 조심히 잘 내려 두겠습니다."

경성역에서 춘복에게 짐을 맡긴 젊은 청년은 역 광장을 벗어나자 춘복에게 집 주소와 짐 삯을 대충 던지듯 내고는 다방으로 발길을 돌렸다.

'염병할. 버르장머리하고는. 저나 나나 똑같은 인간인데……. 에라이, 호래자식 같으니라고. 카악! 퉤!'

누가 봐도 춘복보다 한참 어려 보이는데, 별 볼 일 없는 짐꾼이라고 대놓고 반말을 하며 함부로 해 대는 꼴이 춘복은 영 못마땅했다.

춘복은 뒤늦게 야학에서 공부를 시작했다. 춘복이 사는 낡은 집이 있는, 가난한 이들이 모여 사는 허름한 동네에 작은 야학당이 생겼다. 그곳에서는 돈을 받지 않고 조선의 글과 역사는 물론 다양한 학문을 가르쳐 주었다. 야학 선생님은 주로 동경 유학도 다녀오고, 구라파 유학도 다녀온 젊은 청년들이었는데, 여학생들도 제법 있었다. 까막눈이던 춘복도 용기를 내어 그곳에서 배움을 시작했다.

그 야학에서 춘복은 모든 인간은 계급의 차이 없이 평등한 것이라고 배웠다. 왕과 백성, 지주와 소작농도 모두 다 같은 인간일 뿐이니 계급의 차이란 부당한 것이라고 했다. 또한, 남자와 여자라는 성별의 차이도 있어서는 안 된다는 것이었다. 부부간에도 서로 존대하고, 집안일도 서로 나눠서 하는 것이 당연하며, 심지어 남자가 첩을 두는 것을 당연히 여긴다면, 여자가 서방을 여럿 두는 것도 받아들여야 한다는 것이었다. 하늘 아래 모든 인간은 누구도 주종의 관계일 수 없고, 조그만 차별도 있어서는 안 된다고 가르쳤다.

'엥? 뭐라는 소린지 도통 알아들을 수가 없구먼. 그렇다면, 주인과 종놈이 버젓이 겸상이라도 할 수 있다는 말인가? 남정네가 칼을 잡고 파를 다듬고 부엌을 드나들고 제사 음식을 손수 차리는 일을 하란 말인가? 그게 어디 말이 되는가? 시집을 왔으면 그 집 귀신이 되는 것인데, 어찌 계집이 먼저 이혼을 요구한단 말인가? 품삯을 받아 먹고 사는 노동자가 돈을 주는 이의 눈치를 어찌 보지 않을 수 있다는 말인가? 하늘 아래 돈 있는 놈과 없는 놈이 다른 것인데, 어찌 다 똑같은 대우를 받을 수 있다는 말인가? 허어, 참. 그런 세상이 어디 가당키나 한가?'

처음엔 그런 도깨비 같은 세상을 만들어야 한다는 것을 춘복은 도무지 이해할 수 없었다. 하지만 야학에서 글을 배우고, 닥치는 대로 책을 읽고, 여기저기서 벌어지는 강연을 쫓아다니던 춘복은 지금껏 살아온 세상이야말로 모순이 가득한 도깨비 세상이었음을 깨달았다.

'아! 그동안 내가 살던 세상이야말로 엉망진창 도깨비 세상이었구나. 이 도깨비 같은 세상을 바꿔야 한다. 세상은 가진 자와 가지지 못한 자로 나뉘어 있다. 또 세상은 남자와 여자로 나뉘어 있다. 그런데 그 모두가 각기 다른 세상에서 따로 나뉘어 살아가는가? 아니, 그들은 모두가 하나의 세상에서 살아가고 있다. 더불어 살아가고 있다면, 변해야만 한다. 모두가 똑같이 행복해야 할 권리가 있으니. 가진 자들만이, 사내들만이 누리고 살아서는 안 된다. 다 같이 누리고, 다 같이 행복해야 한다. 여태 그리 살지 못했지만, 앞으로는 그리 살아야지. 세상은 바뀌어야 한다. 지금 당장 하늘이 무너지고 새 세상이 열려 바뀔 수는 없겠지만, 적어도 내 자식들이 살아갈 세상은 달라져야지. 나는 절대로 이 불평등을 내 새끼들에게 물려줄 수는 없다. 이 도깨비 같은 세상을!'

그 깨달음의 순간, 춘복은 정신이 번쩍 들었다. 더는 가만히 있을 수가 없었다.

사실, 맨 처음 춘복이 야학을 찾은 것은 그저 글이나 배워 둘 생각이었다. 대충 글이나 좀 배워 두고는 그만둘 생각이었다. 낮에 몸이 녹을 때까지 일하는 터라 늦은 밤까지 이어지는 글공부가 보통 힘들지 않았으니까. 그런데도 굳이 글이라도 떼려 했던 것은 춘복 할아버지의 유언 때문이었다.

춘복의 할아버지는 평생을 남의 집 논에서 소작농으로 일했다. 그 품삯을 먹지도 입지도 않고 악착같이 모으고 또 모아 말년에 겨우 손바닥만 한 논을 몇 마지기 장만할 수 있었다. 이제 아들 녀석과 여생을 남 눈치 보지 않고 그저 소처럼 일만 하면 될 거로 생각했다. 하나뿐인 어린 손주 놈은 그리하면 글공부도 시키고 남부럽지 않게 살 터전을 마련해 줄 수 있으리라 믿었다. 하지만 그것은 헛된 희망이었다.

글을 읽지도 쓰지도 못했던 할아버지와 아버지는 평생을 바쳐 모은 그 논을 고스란히 일본 놈들에게 뜬 눈으로 빼앗겼다. '토지 조사 사업'은 할아버지의 땅을 '동양 척식 주식회사'의 땅으로 만들어 버렸고, 이러지도 저러지도 못 하는 사이 그 땅은 일본 본토인에게 넘어갔다. 결국, 땅 주인인 할아버지는 자신의 땅의 소작농이 될 수밖에 없었다. 내 땅에서 농사를 짓고도 고스란히 수확량을 갖다 바쳐야 했다. 그 억울함을 어찌 말로 표현할 수 있을까. 그야말로 눈 뜨고 코 베이는 꼴이었다. 끝내 할아버지는 화병으로 쓰러져 돌아가셨다.

"춘복아, 우리 땅을 꼭 찾거라. 그리고 너는 억울한 일 당하지 않게 무엇이든 많이 배워야 한다."

하지만, 땅을 꼭 되찾아 오겠다는 할아버지와의 약속은 끝내 지키지 못했다. 내 땅의 수확량을 가짜 일본 지주에게 80%를 뜯기다 보니 입에 풀칠하기도 힘들었고, 세상은 일본 놈들의 편에 서서 돌아갔다. 어떻게든 이 억울함에서 벗어나 땅을 되찾겠다고 아버지는 소작 쟁의에 가담했다. 그러나 결국 돌아온 것은 차가운 시신이었다.

춘복의 어머니는 절망했다. 목이라도 메고, 우물물에라도 빠져 죽고 싶었지만 그럴 수 없었다. 어린 춘복이 있었으니까. 모자는 어떻게든 먹고 살기 위해 피눈물을 흘리며 고향을 등졌다. 굶어 죽을 수는 없으니 그저 일자리를 찾아 경성으로 온 것이다.

어렸지만, 일찍 철든 춘복은 어머니의 고생을 덜어 드리고자 닥치는 대로 일했다. 고사리손으로 활동사진관 앞에서 구두도 닦고, 커다란 망태기에 넝마를 주워 팔기도 했다. 하지만 새벽달을 보며 일을 시작해도 굶주림은 끝이 나질 않았다. 춘복에게 큰 꿈은 없었다. 그저 배고픔에서만 벗어나길 바라며 꾸역꾸역 살아 냈을 뿐이었다.

춘복이 경성에 올라와서 배부르게 밥을 먹은 기억은 단 한 번뿐이었다. 어머니가 하연 아씨 댁 빨래 일을 거들었을 때였는데, 어머니 심부름으로 빨랫감을 받으러 갔던 날이었다. 그날 빨래와 삯바느질 일감이 가득 든 보자기를 들고 나서는 춘복을 안방마님이 불러 세웠다.

"얘야, 밥은 먹었니? 너 마산댁 아들 맞지? 이름이 뭐라고 했더라?"

"추, 춘복입니다. 방춘복."

"그래, 춘복이. 녀석 참 똘똘하게 생겼네. 마산댁이 든든하겠구나. 춘복아, 이리 올라와 밥 한술 뜨고 가거라."

비록 잡곡밥에 나물 반찬이었지만, 춘복에게는 잊을 수 없는 밥상이었다. 그릇이 넘치게 쌓아 담아 주신 따뜻한 밥, 환하게 웃으시며 넝마주이 소년의 이름을 묻던 안방마님, 그리고 마당 한쪽에서 깔깔거리며 공기놀이하던 하연 아기씨와 삼월이.

춘복은 따뜻한 햇볕이 비추던 그 봄날의 마님 댁 앞마당의 기억을 십 년이 지난 지금까지도 또렷이 품고 있었다. 그 장면을 떠올리면 언제 어디서건 춘복의 마음 또한 훈훈해졌고, 이놈의 세상 그래도 살아갈 만한 것도 같았으니까.

그날 이후로 춘복은 하연 아씨 댁에 심부름하러 가는 것을 자처했다. 마님이 쥐어 주시는 요깃거리도 좋았지만, 도자기처럼 하얀 하연 아기씨와 맑은 종소리가 나는 듯한 삼월이가 자꾸만 보고 싶어졌기 때문이었다.

어느 날, 춘복이 마님 댁 대문 안으로 들어섰을 때, 하연 아기씨와 놀던 삼월이가 쪼르르 춘복 앞으로 달려왔다.

"춘복 오라버니, 내 이름이 뭔지 알아?"

"으. 응? 너 삼월이 아냐?"

"아냐, 틀렸어. 나는 인제 수희야. 천수희. 대감마님이 내 이름을 다시 지어 주셨다니까. 어때? 하연 아기씨 이름만큼이나 예쁘지? 응?"

"그, 그래. 참 예쁜 이름이네."

그 말을 듣고 삼월이, 아니 수희는 헤벌쭉 웃었다.

그날, 춘복을 올려다보던 똘망똘망하던 눈망울.

조금 전 경성역에서 빨간 보석이 달린 남색 클로쉐를 쓰고 있던 여인은 그 수희가 맞았다. 춘복이 그 얼굴을 잊었을 리 없다.

'근데, 왜 그 자리에 수희가 나왔을까? 수희는 우리의 계획을 어디까지 알고 있는 걸까? 초선은 왜 그동안 수희에 대해 말하지 않았을까?'

춘복이 골똘히 생각하는 사이 어느새 남촌의 이 층 양옥집에 다다랐다.

"짐 가지고 왔습니다. 비를 피하느라 조금 늦었습니다. 어디다 내려놓을까요?"

"저쪽, 사랑채 마루에 올려 두게."

몸에 딱 달라붙는 양장을 입은, 분내가 짙게 나는 젊은 여자가 춘복에게 턱짓으로 사랑채를 가리켰다.

'싹퉁머리 없는 것들. 보나 마나 나라 팔아먹은 집구석이구먼.'

여자가 턱 짓으로 가리킨 사랑채는 서양식 응접실로 꾸며져 있었다. 유리문 안으로는 축음기와 소파, 괘종시계까지 떡하니 걸려 있었다. 저들이 누리는 이 모든 것이 조선인의 피이고 땀이었다. 춘복은 집 안을 슬쩍 살펴본 후 가져온 짐은 대충 내려놓고 문밖으로 나서며 '카악 퉤!' 하고 침을 뱉었다.

춘복은 다시 청계천 거리로 향했다.

백 사장의 전당포를 살펴볼 참이었다. 백 사장은 청계천 거리에만 세 군데의 전당포를 가지고 있었다. 당장 급한 돈이 필요한 이들은 백 사장의 전당포를 이용할 수밖에 없었다. 전당포에서 거래되는 물건 중 절절한 사연이 없는 물건은 없었다. 돌아가신 어머니의 유품, 집안 대대로 물려 내려오던 가보, 시어머니로부터 물려받은 노리개, 소식 끊긴 연인에게 받았던 가락지까지. 백 사장은 그런 물건들을 헐값에 사들였다. 물론, 곧 되찾으러 오겠다고 맡겨 두고 가는 이도 있었지만, 불어난 이자까지 감당하며 물건을 되찾아 가는 이는 드물었다. 백 사장은 헐값에 사들인 물건을 몇 곱절은 더 받고 내다 팔았다. 인정머리라고는 눈곱만치도 없는 백 사장이기에 가능했다. 하지만 백 사장이 전당포에서 벌어들이는 돈은 백 사장 수입의 아주 작은 일부분일 뿐이었다.

백 사장은 전국을 돌며 봇짐 장사를 하던 장사치였다. 엄동설한에도 볏짚으로 삼아 만든 짚신을 신고 다니는 이들에게는 고무신을 가져다 팔았고, 평양 기생이 바른다는 구루무를 지방 지주의 안방마님에게 가져다 팔았다. 전국을 제집처럼 휘젓고 다니며 물건을 팔다 보니 자연스럽게 알게 되는 것들이 많았다.

아들을 낳지 못한 딸 부잣집의 며느리가 배 속에 일곱 번째 아이를 가졌다는 것은 그녀의 남편보다도 백 사장이 먼저 알게 되었다. 이번에는 꼭 아들을 낳아야 한다며, 아들 낳은 여자의 속옷을 구해 달라는 은밀한 부탁을 받았기 때문이었다. 최 대감네 둘째 아들이 미두 시장*을 들락거리다가 큰 빚을 지고, 유산으로

미두 시장 쌀을 사고파는 투기 시장

물려받은 논 천 마지기를 헐값에 내놓았다는 것, 동경 유학까지 보낸 군산 만석꾼 이 대감의 여식이 신여성 귀신이 붙어 어느 유부남과 경성에서 살림을 차렸다는 것까지. 조선 팔도의 모든 소문은 백 사장의 귀에 들어왔다. 그리고 영악한 백 사장은 제가 주위들은 소문을 잘 활용하면, 고무신이나 구루무를 팔아먹는 것보다 훨씬 값어치가 있다는 것을 알게 되었다. 백 사장이 가진 정보를 돈을 주고 얻고자 하는 이들이 있었고, 백 사장이 세상에 떠벌리고 다니는 거짓 정보로 쉽게 이득을 보고자 하는 이들이 있다는 것을 백 사장은 잘 꿰뚫고 있었으니까.

소문을 팔아 돈을 버는 재미를 알게 된 백 사장은 더 큰 욕심을 가지고 총독부 경무국 소속의 경찰서장과 손을 잡았다. 경찰서장은 백 사장의 뒤를 든든히 봐주는 대신, 쉽게 얻지 못하는 정보들을 구할 수 있었다. 그 이후로 백 사장의 재산은 눈덩이처럼 불어나기 시작했다.

소문을 듣고, 또 소문 만드는 일을 주업으로 삼아 전국을 떠돌던 백 사장은 나이가 들자 경성에 전당포를 내었다. 전당포 안에서도 백 사장의 일은 바뀌지 않았다. 전당포에 앉아서도 제법 많은 정보를 모을 수 있었기 때문이다. 전당포에 들어오는 물건은 제각각 그 사연이 있었고, 그 사연들은 또 그만큼의 정보를 담고 있었으니까. 게다가 전당포에 물건을 맡길 정도의 다급한 사연을 가진 이들은 구슬리기가 쉬웠다.

백 사장은 그렇게 오늘도 기름진 뱃살을 늘어뜨린 채 전당포를 관리했다. 예리한 눈과 귀를 반짝이면서. 하지만 백 사장은 자신의 눈과 귀와 입이 하는 일을 조금도 부끄러워하지 않았다. 자신이 하는 일이 조선인의 피와 땀을 빨아먹는 일이라는 것을 모르지 않았음에도. 그저 차곡차곡 늘어나는 재산을 즐기기에 바빴으니까. 그는 그런 부류의 인간이었다.

사실, 백 사장의 전당포는 그간 춘복과 동지들에게는 유용한 곳이기도 했다. 장물을 처리하고 자금을 마련하기에 가장 손쉬운 곳이었기 때문이다.

춘복의 동지들은 자금을 마련하기 위해 주기적으로 친일 재산가들의 집을 털었다. 그렇게 얻은 값나가는 물건들은 밀거래하거나 전당포를 이용해 현금으로 바꿔 자금을 만들었다. 그 자금은 더 많은 농민과 노동자를 계몽하기 위한 야학 활동에 쓰였고,

조직원들의 생계를 이어 가는 데에 쓰이기도 했다. 최근에는 더 큰 일에 쓰기 위해 자금을 모아 상해에 전달하고 있었다.

춘복은 강도질을 했으나 부끄럽지 않았다. 조선인의 피와 땀을 훔쳐 얻은 재산을 돌려받은 것으로 생각하니 부끄럽기는커녕, 그 집구석에서 솥단지까지 모조리 다 들고나오지 못한 것이 억울했다. 제집을 털린 놈들 또한 도둑맞은 것을 쉽게 신고하지 못했다. 정당하게 구하고 얻은 물건들이 아니었을 테니까. 그들은 때때로 자신이 도둑맞은 물건을 백 사장의 전당포에서 찾곤 했고, 우습게도 제 물건을 웃돈을 얹어 주고 다시 사 가기도 했다. 이 웃지 못할 일들이 모두 백 사장의 전당포에서 벌어지고 있었다. 그런데 얼마 전부터 백 사장의 전당포에 들린 동지들의 소식이 하나둘씩 끊기기 시작했다. 백 사장의 전당포에 들렀던 동지들이 그 자리에서 총독부에 끌려가거나 소리소문없이 사라진 것이다. 조직 안에 커다란 구멍이 뚫렸고, 그 구멍은 전당포로부터 시작되었다. 조직은 흔들렸고 위험에 빠졌다.

'치안 유지법'에 따라 춘복과 같은 독립운동가들은 무조건 잡혀 들어가고 있었다. 무시무시한 '치안 유지법'은 한번 잡아들인 이들을 쉽게 내보내 주지 않았다. 그 누구라도 한번 잡혀간 후에는 멀쩡한 사지로 걸어 나오지 못했다. 설령 멀쩡한 사지로 걸어 나왔다 하더라도 끊임없는 감시가 이어져 숨통을 조여 왔고, 그도 아니라면 결국은 고문에 굴복한 배신자, 동지들을 팔아먹는 밀정이 되었다.

조직 안에서 밀정을 걸러 내지 못하면 모두가 위험해질 수밖에 없었다. 춘복과 함께 활동하고 있는 조직원들은 물론 춘복이 알지 못하는 이들까지 거미줄처럼 엮여 있던 조직이 허물어지는 것은 한순간일 것이었다. 춘복은 어떻게든 조직을 지켜 내야 했다. 춘복에게 이 조직은 희망이었으니까. 조직의 이데올로기는 일본 제국주의와 싸우고, 일본의 노예 생활에서 벗어날 수 있는 가장 강력한 수단이었고, 그것은 춘복이 살아가는 힘이었다. 춘복에게는 혁명만이 길이고 희망이었으니까.

'민족 모든 계급이 평등한 세상, 동시에 우리 민족이 해방된 세상.'

춘복은 불덩이가 끓어오르는 뜨거운 가슴을 품은 채 백 사장의 전당포를 노려보았다. 때마침 네온사인에 불이 켜졌다.

'단언컨대, 분명 저 늙은 여우의 짓이다. 백 사장이 조직에 구멍을 내고 있다. 내 반드시 저 늙은 여우를 처단하리라.'

외로움이 삐딱해지지 않게

"아, 가엽다. 이 내 몸은 그 무엇 찾으려고 끝없는 꿈의 거리를 헤매어 왔노라."

수희가 느지막이 대문 안으로 들어섰을 때, 초선은 홀로 앉아 유성기에서 흘러나오는 노래를 흥얼거리며 술잔을 기울이고 있었다. 낮에 나섰던 일이 일찍 끝난 모양이었다. 수희는 초선의 곁으로 가 앉으며 빈 술잔에 술을 채워 주었다.

"언니, 어울리지 않게 왜 이리 청승을 떨고 계신답니까? 왜 홀로 술을 드세요?"

"음, 그러게……. 내가 오늘 또 왜 이리 청승일까? 후후훗, 그냥. 자꾸만 삐딱해지려 해서…….”

“네? 뭐가요? 뭐가 삐딱해져요?”

“외로움. 내 외로움이 삐딱해질까 봐. 이렇게 술 한잔 내주며 살살 달래 주는 중이란다. 이 외로움이 삐딱해지지 않게. 토닥토닥.”

술에 취한 듯 발그레한 얼굴로 작은 술잔을 들어 보이며 초선이 한쪽 눈을 찡긋했다.

조선 최고의 미색인 초선의 외로움이라. 수희는 그 말뜻을 쉽게 알아차릴 수 없었다. 총독의 연회장에도 불려 가는 초선은 남들이 천시하는 한낱 기생이 아니었다. 재물도 권력도 남부럽지 않게 갖고, 또 누리고 있는 초선이었다. 권번 소속이라고는 하나, 초선은 이 대궐 같은 자신의 집에 머물며 자유롭게 지내고 있었다. 경성 바닥의 누구도 초선에게는 함부로 굴 수 없었다. 그런 초선의 외로움이라니, 수희는 그저 의아해할 뿐이었다.

“언니, 명월관서 언제 오셨어요? 생각보다 일이 일찍 끝난 모양이네요. 오래 걸릴 줄 알았는데…….”

“그러게 말이야. 흥, 변덕이 죽 끓는 놈들. 오늘은 또 누구를 잡아들였는지, 술잔이 다 돌기도 전에 저들끼리 급히 일어서더구

나. 그나저나 수희야, 너는 경성역서 아무도 만나지 못한 모양이네?"

초선은 한 모금 마신 술잔을 입에서 떼어 내며 수희의 눈치를 살폈다.

"아, 맞다! 실은 경성역에 2시 전에 도착해서 한참을 기다렸는데, 나타나는 이가 아무도 없었어요. 더 기다려 찾아보려 했는데, 갑자기 비가 쏟아지는 바람에……. 죄송해요. 큰소리쳐 놓고, 그깟 심부름 하나 제대로 못 하고."

"무슨 소리. 수고했어, 수희야. 그이가 너를 알아채지 못한 게지. 네 탓이 아니란다. 후훗."

초선은 춘복이 수희를 알아채지 못한 것이 어쩌면 다행일지도 모른다고 생각했다. 저 맑은 아이를 위험한 일에 끌어들일 필요는 없을 테니까. 마음이 급하여 수희에게 춘복과의 만남을 부탁했지만, 초선은 행여 수희에게 안 좋은 일이라도 생길까 싶어 오후 내내 불안했다. 아무 일도 없이 저 아이가 무사히 돌아왔으니, 이제 되었다.

상해로 보낼 자금은 제법 모였다. 초선이 그동안 동지들과 함께 만든, 상해로 보낼 이 자금은 그냥 돈이 아니다. 이는 동지들의 목숨값이다. 조국 해방과 민족 해방을 위해 목숨을 걸고 싸운 동지들의 목숨값. 이제 이 자금을 무사히 전달하는 일만 남았다. 하지만 그러기 위해서는 동지들 틈에 섞인 밀정을 잡아내야 한다. 동지들을 배신한 밀정을 처단하여야만, 이 자금이 무사히 상해에 닿을 수 있을 것이다. 상해에서 내려온 지령 또한 밀정을 색출하여 즉각 처단하라는 것이었다. 그만큼 밀정은 일본 놈들보다 더 간사하게 곳곳에 숨어 조직을 흔들고, 심각한 피해를 주고 있었다. 그냥 두어서는 안 될 일이었다.

최근 들어 동지들이 일본 놈들에게 줄줄이 발각되고 있었다. 초선의 조직에서도 밀정으로 인해 내부의 정보가 새어 나간 것이다. 초선은 작은 술잔을 꼭 말아 쥐었다.

'어디일까? 또 누구일까? 동지의 목숨을 하찮게 여기는 이가 도대체 누구란 말인가?'

조직의 처음과 끝을 모조리 알고 있는 것은 초선뿐이었다. 동지들을 믿지 못해서가 아니라, 한쪽의 매듭이 끊어진다 해도 꿰어진 구슬을 모두 잃을 수는 없었기에, 각 조직의 사이사이에 초선만이 아는 매듭을 지어 둔 것뿐이다. 조직의 전체 규모와 구성을 아는 이는 오직 초선이기에 지금껏 조직이 여러 차례 흔들렸지만, 여태 유지할 수 있었다. 초선은 찬찬히 훑기 시작했다. 뜻을 같이한 동지들을 의심해야 한다는 것이 참 마음 아팠다.

'도대체 왜⋯⋯.'

목숨을 나눈 동지의 등에 칼을 꽂는 배신자는 일본 놈들보다 더 괘씸했다. 초선은 누구라도 절대 용서치 않겠다고 다짐했다. 색출 즉시 숨통을 끊어 놓을 것이었다.

'하아⋯⋯. 두꺼운 낯짝으로 이중생활을 하는 밀정을 어찌 찾아낸단 말인가.'

초선은 술 한 모금을 입에 물고 천천히 혀를 굴려 술을 삼켰다. 쌉쌀한 액체가 목구멍 뒤로 넘어갔다.

춘복은 백 사장을 족쳐 거래한 자가 누구인지 자백을 받아내야 한다고 했다. 사라진 동지들의 마지막 동선이 어떤 식으로든 전당포와 닿아 있다는 이유에서였다. 합리적인 의심이다. 백 사장의 간교함은 세상을 다 팔아먹기에도 충분했으니까. 하지만 백 사장 앞에 맨몸으로 나서는 것은 위험한 일이었다.

오늘, 계획대로라면 초선은 춘복과 함께 늙은 여우 백 사장에게 미끼를 던지려던 참이었다. 초선은 수희가 벗어 내미는 빨간 보석이 달린 남색 클로쉐를 물끄러미 내려다보았다.

'미끼.'

초선은 들고 있던 술잔에 술을 천천히 채웠다. 술잔 가득 초선의 분노가 담겼다.

'저 미끼를 늙은 여우가 반드시 물어야 한다.'

다음 날, 초선은 본정의 책방을 찾았다.

기생이 아침 일찍부터 서두르면 남의 눈을 살 것 같아 초선은 점심시간 즈음 천천히 길을 나섰다. 초선이 향한 본정의 책방은 헌책은 물론 구라파나 미국, 서양의 책들을 구할 수 있었고, 고등 보통학생이나 대학생들이 참고서를 구할 수 있는 커다란 곳이었다. 책을 구하러 많은 이들이 오가는 곳인 만큼 초선은 주의 깊게 행동해야 했다. 초선은 남들의 눈에 덜 띄기 위해 수수하게 꾸민 모습으로 책방을 찾았다. 이곳은 책을 구하는 곳이기도 했지만, 초선에게는 동지들과 연락을 취하는 곳이기도 했다.

"손님, 찾으시는 책이 있으신가요?"

점잖게 생긴 점원이 초선에게 다가와 물었다.

"무료할 때 읽을 만한 연애 소설을 찾고 있습니다만."

"연애 소설이라……. 잠시만 기다려 보세요."

책방에서 책을 뒤적거리던 이들의 귀와 눈이 초선에게 쏠려 있는 것을 초선은 모르지 않았다. 수수하게 꾸몄다고는 하나 그녀는 초선이었으니까. 초선은 남들의 시선에 무심한 척 이 책 저 책을 뒤적거리다가 슬쩍 책 한 권을 집어 들고 누구도 알아챌 수 없는 작은 표시를 남겼다. 그리고 책을 얌전히 그 자리에 내려 두었다. 이내 다가온 책방 주인으로부터 책을 받아 든 초선은 유유히 셈을 치르고 책방을 나섰다.

《마담 보바리》

프랑스의 작가 귀스타브 플로베르가 발표한 소설인 《마담 보바리》는 여주인공의 행동과 심리가 매우 섬세하게 표현된 작품이었지만 노골적인 성애 묘사가 가장 논란이 된 소설이기도 했다. 초선은 이 책을 골라 들고 온 책방 주인의 짓궂음이 불쾌했다. 하지만 초선은 아무것도 모른다는 듯, 들고 온 가방에 책을 챙겨 넣고 근처의 백화점으로 향했다. 혹시 모를 미행을 따돌리기 위함이었다.

"어머, 쟤 초선이 아니야?"

"맞네, 맞아. 실물이 훨씬 예쁘구먼."

"아이고. 초선이 쓴다는 똑같은 구루무를 발랐는데, 내 얼굴은 어째 요 모양이래?"

백화점 안의 사람들의 이목은 모두 초선을 향해 있었다. 어디를 가든 피할 수 없는 시선이기에 이는 때로 불리하기도 했지만, 언제나 명확한 알리바이를 만들어 주었다.

그날, 백화점 안에는 백금주도 있었다.

어제 경성역 양식당에서 수희가 쓰고 있던 그 모자가 아른거려 밤새 잠을 제대로 자지 못한 금주는 백화점이 문을 여는 시간에 맞춰 백화점 안을 샅샅이 뒤지는 중이었다. 하지만, 아무리 살펴보아도 어제 수희가 가졌던 그 모자는 찾을 수가 없었다. 남의 집에서 종살이하던 천한 기생년의 모자를 탐내는 자신이 마땅치 않았지만, 한번 눈에 들어온 물건을 손에 넣지 못하는 것이 더더욱 짜증이 나던 참이었다.

막 모자 판매장에서 신경질을 내며 돌아설 때, 금주는 초선을 보았다. 잡지 광고에서나 보던 초선을 직접 눈으로 본 것은 오늘이 처음이었다. 총독부 윗선들이나 경성 바닥을 쥐고 흔든다는 재력가들에게나 얼굴을 비춘다는 초선. 백옥같이 하얀 피부, 진한 눈썹, 오뚝한 콧날과 도톰한 입술은 과연 경성 최고의 기생, 최고의 미색이었다. 잡지에 나온 초선의 얼굴을 오려 가슴에 품고 다니는 조선의 사내들이 그리 많다 하더니만, 과연 그럴 만하다고 금주는 생각했다.

하이힐이 아닌 단정한 구두, 미색의 하늘하늘한 블라우스와 폭넓은 치마, 단정하게 올린 머리, 색이 진하지 않은 립스틱…….
금주는 초선을 꼼꼼히 살피며 그녀의 뒤를 따랐다.

'화려하게 꾸미지 않아도 저리 빛날 수 있는 거구나.'

금주는 조금 전 자신이 둘러본 매장에서 초선이 꼼꼼히 들여다보다가 내려놓은 모자를 재빠르게 집어 들고는 숍 걸*을 불렀다.

"이거. 얼른 포장해 줘. 같은 거로 두 개. 얼른!"

금주는 숍 걸에게서 포장된 모자를 받아 들고, 초선을 찾아 다급히 뛰었다. 초선은 대기하고 있던 자동차에 막 올라타려던 참이었다. 그런 초선을 금주가 불러 세웠다.

숍 걸 일제 시대 백화점 점원을 부르던 말

73

"저, 저기! 초선 언니! 언니!"

초선이 무표정한 얼굴로 돌아보았다.

"저⋯⋯. 이, 이거⋯⋯. 헉헉. 선물, 선물입니다. 언니 드리고 싶어서요."

초선은 가쁜 숨을 몰아쉬는 어린 아가씨를 물끄러미 쳐다보았다. 그녀의 손에 백화점 물건이 들려 있는 것을 보고, 초선은 무표정한 얼굴로 정중히 사양했다.

"아니, 어린 아가씨가 무슨 돈이 있다고 처음 보는 제게 이리 값비싼 백화점 물건을 선물로 주신답니까? 일 없습니다. 마음만 고맙게 받을게요. 감사합니다."

길거리에서든 어디서든 별안간 불쑥 나타나 초선에게 선물을 내밀고 구애하는 이들은 적지 않았다. 심지어 땅문서를 들고 오거나, 금덩이를 가지고 권번을 찾아와 초선 보기를 청하는 이들도 있었으니까. 그 중엔 종종 여인들도 있었다. 어떻게든 초선과 연을 맺고 싶어 하는 이들이었다.

"저, 저기⋯⋯. 언니, 잠시만요. 저는 백금주입니다. 백. 금. 주. 이거 비싸지 않은 거예요. 저희 아버지가 요 앞에서 전당포를 세 개나 하시거든요. 그러니 이 모자 값은 제게는 별것이 아니랍니다. 아, 맞다! 그리고 수희…… 언니랑 같은 권번에 있는 수희요. 언니 집에서 같이 지낸다고 들었는데……. 그 천수희가 제 동무입니다. 그래서 드리는 선물이니 제발 받아 주시어요.”

조바심이 난 듯 금주가 선물을 초선의 얼굴 앞에 내밀며 돌아서는 그녀를 다시 붙들었다.

‘오호라. 네가 전당포 백 사장의 여식이로구나.’

초선은 그 말에 못 이기는 척 금주를 바라보며 다정히 말을 붙였다.

“아, 그래요? 우리 수희랑 동무라고?”

“네! 수희랑 아주 어릴 적부터 잘 알던 사이거든요. 그러니 이 선물, 부담 갖지 마시고 받아 주세요. 수희 친구가 수희랑 같이 지내는 언니께 드리는 소소한 것이랍니다.”

“아우, 이를 어쩐담. 좋아요, 그럼 잘 받을게요. 대신 나중에 꼭 놀러 와요. 나도 금주 양에게 받았으니 우리 수희 동무한테 뭐라도 대접해야 하니까요. 알겠죠?”

“우아, 정말요? 초선 언니, 정말 저를 초대해 주시는 거예요? 와, 신난다. 언니, 정말 감사합니다! 감사합니다!”

금주는 하늘을 붕 나는 듯한 기분이 들었다. 경성 최고의 유명인인 초선과 말을 나누고, 초선이 금주의 선물을 받아 주다니!
금주는 제 손에 들려 있는 또 하나의 모자를 품에 꼭 안았다.

'세상에나! 초선 언니와 똑같은 모자를 함께 쓰게 된 것만으로
도 기쁜 일인데, 초대까지 받았어! 아, 이 일을 어쩌면 좋아. 수
희 이 계집애가 도움이 되는 일도 있다니. 히힛. 아이, 신나라.'

금주는 온종일 종종거리며 찾아 헤맸던 어제의 그 모자는 금
세 잊어버렸다. 초선의 초대를 받게 되면, 또 초선과 똑같이 함
께 나눌 수 있는 뭔가를 가져가야겠다고 생각했다.

'다음에는 뭐가 좋을까? 똑같은 양산? 똑같은 브로치?'

금주는 같은 물건을 나눠 쓰는 것만으로도, 초선과 뭔가 특별
한 관계가 되고 또 그녀를 닮아 가는 것 같은 기분이 들었다. 금
주가 콧노래를 부르며 뒤돌아섰을 때, 초선은 차창 밖의 금주를
바라보며 쓴웃음을 지었다.

'백금주, 네가 머리부터 발끝까지 누리고 있는 그 모든 것은
네 것이 아니다. 네 아비가 훔쳐 간 조선인들의 눈물이니라.'

경성은 며칠째 뜨거운 태양 아래에 비 한 방울 없이 들끓고 있
었다. 오늘은 속 시원한 소나기라도 한바탕 쏟아졌으면 좋겠다

고 생각하며 올려다본 하늘에는 구름 한 점 찾기가 어려웠다. 오늘도 마른 불볕더위는 계속될 모양이었다. 하지만 물이 고픈 경성과 달리 저 아래 남쪽의 해안가 마을은 물난리가 나 아주 큰 피해를 보았다고 했다. 하늘도 요지경 세상을 곱게 보지 않는 모양이었다.

춘복은 아침 일찍, 삶은 감자를 소쿠리 하나 가득 담아 아현동 끝자락의 토막집으로 향했다. 굶주린 아이들에게 나눠 줄 참이었다. 땅을 파 벽을 쌓은 후 거적을 바닥에 깔고 짚으로 지붕을 덮어 만든 움집인 토막집은 한여름이면 온갖 벌레와 구더기가 들끓곤 했다. 그런데 믿기지 않게도 그곳에선 사람들이 살아가고 있었다.

'랭장고', '선풍긔', '대리미'까지 놓인 신식 양옥집이 즐비한 화려한 경성 뒤에는 하루 한 끼를 죽으로도 때우지 못하고 그저 우물물로 배를 채우는 아이들이 사는 토막집이 있었다. 신식으로 지어진 양옥집의 여인들이 비누 세안을 하고 미안수에 구루무까지 바르고 붉은 연지를 곱게 찍어 바르고 있을 때, 토막집의 아이들은 허옇게 버짐이 핀 얼굴로 넝마를 주웠다. 양옥집에 사는 이들이 기름 낀 배를 두드리며 응접실 소파에 앉아 축음기에서 흘러나오는 서양의 음악을 듣고 있을 때, 토막집의 아이들은 끼니를 구걸하다 한바탕 쏟아지는 욕지거리를 들어야만 했다.

현실 속의 극과 극.

춘복은 새까맣게 때가 낀 손으로 삶은 감자를 받아 들고는, 숨도 쉬지 않고 허겁지겁 베어 삼키는 아이들을 바라보았다. 이 아이들이 새벽별이 뜰 때부터 넝마를 주운들, 학교에 다닐 수 있을까. 어미가 전차 삯을 아끼겠다고 걸어서 영등포 피혁 공장을 오간다 한들, 저 아이에게 가죽 구두 한 켤레를 사 줄 수 있을까.

대물림의 가난. 이 불평등은 어디에서 오는 것인가. 왜 이들이 흘리는 땀의 가치는 이리 부당한 것인가. 춘복은 텅 빈 소쿠리를 들고 집으로 돌아오며, 세상은 반드시 바뀌어야 한다고 두 주먹을 불끈 쥐었다.

그날 늦은 오후, 계획대로 춘복은 초선을 인력거에 태워 명월관 앞에 내려 주었다. 초선이 인력거 구석에 슬쩍 손에 들고 있던 모자를 남겨 두었고, 춘복은 그저 못 본 척 바삐 인력거를 몰았다. 남들 눈에는 그저 기생과 인력거꾼으로 비출 테지만, 둘은 생사를 함께하고 있는 동지였다.

지난겨울, 춘복은 명월관에서 술에 취해 집으로 돌아가던 조선인 순사를 붙잡았다. 같은 조선인이면서 더 잔혹하게 조선인들을 잡아들이던 놈이었다. 정보원의 말대로 그 순사의 주머니에서는 밀정과 나눠 가질 두둑한 현금 뭉치가 들어 있었다. 춘복이 평생을 짐꾼으로, 인력거꾼으로 피땀을 흘려도 만져 보지 못할 큰돈이었다.

　'도대체 이 돈다발에 동지를 팔아넘긴 배신자가 누구란 말인가.'

　그날 밤, 춘복은 그 돈다발을 기다리고 있는 조직의 배신자를 확인했다. 가까이에서 함께 울고 웃던 동지였다. 함께 공부했고, 함께 해방된 조국을 꿈꾸던 동지였다.

　"자네, 자네가 왜……."

　그가 동지들을 돈에 팔아넘겼고, 혁명을 꿈꾸던 동지들은 하루아침에 형무소에 끌려가 생사를 알 수 없게 되었다. 춘복은 어제의 동지가 오늘의 배신자가 되어 눈앞에 있다는 사실을 믿을 수 없었다. 놀란 춘복에게 그자는 미리 준비라도 해 둔 듯 짐짓 태연하게 대꾸했다.

　"이보게, 춘복. 자네도 잘 생각해 보게. 우리가 이런다고 세상이 바뀌겠는가. 이 돈이면 어딜 가서라도 굶지 않고 살 수 있다 네. 장사 밑천도 될 것이고, 저 아래 동네로 내려가면 내 땅을 사 농사를 지을 수도 있을 것이네. 내 이 돈을 자네와 같이 나눌 것이네. 자, 내 자네에게 얼마를 떼어 주면 되겠는가?"

"하! 자네, 자네 지금 그것을 말이라고 하는가? 지금 동지들 앞에 무릎을 꿇지는 못할망정, 이 무슨 짓거리인가?"

"춘복, 흥분하지 말고 좀 찬찬히 계산을 해 보게나. 자네만 눈 감아 주면 모든 것은 수월하게 해결될 걸세. 게다가 내가 이번에 경무국 고위 관료의 신임을 받은 터라……. 그렇지 않아도 내 자네를 찾아가 같이 상의하려 했네. 내가 왜 자네만은 밀고하지 않았겠는가. 내가 다 계획이 있어서였네. 자네는 똑똑하니 이제 내 편에 서서……."

"자네 미쳤는가? 터진 주둥이라고 내 앞에서 아무 말이나 내뱉지 말게. 자네 정말 몹쓸 사람이었구먼. 자네가 정말로 내 몸 하나 호사롭게 지내자고 동지들을 팔아먹었나? 조직을 궁지로 몰았어? 내 자네를 눈앞에 두고도 믿을 수가 없네. 하! 이 사람아, 자네가 그러고도 사람인가? 자네가 그러고도 사람이야?"

"이 사람아, 내 말을 좀 들어 보시게."

"이런 짐승만도 못한 놈! 내 그동안 자네를 형제라 믿고 있었는데! 어찌, 어떻게 자네가!"

"이보게 춘복……. 자네 왜 이리 흥분을 하는가? 이 사람아, 내 말을 끝까지……."

"닥쳐라! 버러지만도 못한 놈!"

춘복은 벌겋게 충혈된 두 눈으로 옛동지를 쏘아보며 그의 머리에 총을 겨누었다.

"추, 춘복. 이, 이러지 말게나. 세상이, 이놈의 세상이……. 우리 뜻처럼 그리 만만치가 않다는 걸 자네도 알지 않나. 평등한 세상? 해방된 세상? 자네 정말로 그런 세상이 오리라 믿는 건가? 아니, 나는 이제 믿을 수가 없네. 나는 지쳤어. 언제까지 그 헛된 꿈을 꾸며 이리 살아 내야 하는가? 물 수 없으면 짖지도 말라는 말 자네도 듣지 않았나? 일본은 우리가 물어뜯을 수 있는 상대가 아니란 말이네. 춘복, 진정하고 내 계획을 들어 보시게. 그러니까 이 돈만 있으면, 내 이 돈을 자네하고 똑같이 나눌 것이고. 아, 아니지. 내 자네에게 7할을 주겠네. 추, 춘복……."

"그 입 다물어! 그리고 나를 원망하지 마! 우리의 맹세를 어긴 것은 자네니까."

탕!

춘복은 한때나마 동지라고 믿었던 자의 마지막 변명을 끝까지 들어줄 수 없었다. 완전히 변절한 그를 춘복은 떨리는 손으로 처리했다.

'이 몹쓸 사람. 그깟 돈이 무엇이기에. 나는, 이 방춘복은 모두가 평등하게 해방된 조국에서 살아가는 것, 그런 세상을 꿈꾸며 살아가는 것, 그것이면 충분한 것을······.'

춘복은 오직 그것만을 바랐다. 달걀로 바위를 치는 어리석음이라 해도 이 바람을, 이 희망을 놓을 수가 없었다. 희망 없는 삶은 의미가 없다고 믿었으니까.

추운 겨울밤, 꽁꽁 언 땅을 겨우 파내고 그곳에 변절한 옛 동지의 시신을 묻었을 때, 달이 비춘 춘복의 몸에서는 허연 김이 올라왔다. 그리고 두 볼엔 뜨거운 눈물이 타고 흘렀다. 춘복이 꿈꾸는 세상은 너무 많은 희생이 필요했다. 참으로 가슴이 찢기는 고통이었다.

그 뼈아픈 작전이 끝난 후, 춘복은 처음으로 조직의 수장을 직접 만났다.

친일 순사와 밀정을 처리하고 독립 자금까지 확보할 수 있었던 빈틈없는 계획과 정보, 그리고 동시에 춘복의 충성심까지 시험을 치르게 하는 치밀함, 게다가 와해된 조직을 시일을 끌지 않고 차분히 재정비하는 대범함까지. 이 모든 것을 가진 조직의 숨은 수장이 초선이라는 것을 알았을 때, 춘복은 머리를 세게 한 대 얻어맞은 기분이었다.

막연히 그동안 이 조직을 이끄는 수장은 곰 같은 힘과 호랑이 같은 용맹함을 가진 태산 같은 사내일 것이라고 상상해 왔다. 수장의 정체를 모르는 조직원 대부분이 모두 다 그리 생각하고 있었다. 그런데 저 어여쁘고 가녀린 여인이 그토록 꼭꼭 숨겨져 있던 조직의 수장이라니. 사실 춘복은 어쩐지 못 미더웠고 또 불안했다. 하지만 이후로 몇 번의 작전을 수행하는 동안 춘복은 자신이 섣부른 판단을 했음을 깨달았다.

'나 역시 짙은 색안경을 끼고 사람을 보고 있었던 게로구나.'

그 이후로 춘복은 누구보다 초선을 믿고 따르는 그녀의 완벽한 수족이 되었다. 춘복에게 초선은 기생도 여인도 아닌, 동지이고 조직의 장이었다.

춘복은 초선의 모자를 사람들의 발길이 드문 산신당의 깊숙한 곳에 숨겨 두었다. 초선의 잃어버린 모자에 대한 소문이 돌고,

장물아비들이 초선의 모자를 찾아 나설 때까지 기다려야 했다. 그것이 초선의 계획이었다.

초선은 며칠째 예약된 모든 일정을 몸이 좋지 않다는 이유로 취소했다. 총독부 고위 관료들도 여러 차례 초선을 찾았지만, 초선은 모든 곡기를 끊고 꼼짝없이 누워만 있었다. 권번에서 여러 차례 연락이 왔고, 초선의 집에 머무르는 모든 이들이 불안함 가득한 마음으로 초선의 눈치 보기에 급급했다.

"아이고, 제아무리 초선이래도 총독부 부름을 저리 퇴짜를 놔도 되나?"

"그러니 말이야. 이러다 우리한테까지 불똥 튀는 거 아냐?"

"별나다, 정말. 어쩜 저리 무서운 게 없다니? 큰일이네, 정말."

모두가 눈치 보기에 바쁠 때였지만, 수희는 진심 어린 걱정으로 초선을 찾았다.

"언니, 아프시다 들었는데 어디가 좋지 않으신 거예요? 속이 좋지 않으십니까? 두통이 있으십니까? 이것 참, 큰일이네. 어째 한술도 뜨지 못하고 이러십니까? 안 되겠어요. 언니, 저랑 같이 병원에 가요. 제가 잘 아는 병원이 있습니다. 여인네들이 주로 오가는 병원입니다. 보는 눈도 얼마 없는 곳이니 조용히 움직여요. 차를 부를까요? 인력거를 부를까요?"

"아냐. 수희야, 괜찮아. 너무 걱정하지 마."

수희는 며칠 새 수척해진 초선이 안쓰러웠다. 이대로 두면 아무래도 큰일이 날 것만 같았다. 언니가 저리 병원에 가지 않겠다고 고집을 피우니, 얼른 병원에 찾아가 하연 아씨라도 모셔 와야겠다고 생각하며 수희는 서둘러 자리에서 일어섰다.

그때, 방문 밖이 소란스러워졌다.

"에구머니나! 아이고, 좀 나와 보셔야겠어요. 소, 손님이 오셨어요."

"초선의 방이 어디요?"

"아, 그것이. 저, 저기……. 이를 어쩐다. 초선 아씨! 아씨!"

"수희야! 수, 수희야! 안에 있니? 아씨께 손님이 오셨다고……."

"초선, 실례하겠소. 내 지금 들어가오."

초선이 대답도 하기 전에 큼큼하는 헛기침 소리와 함께 문이 열리고, 총독부 경무국의 고위 관료인 하시모토가 초선의 방 안으로 성큼 들어섰다. 허리춤에 총을 찬 채로 제복을 입고 들어서는 그를 본 수희는 오금이 저려 머리를 조아리고 뒷걸음쳐 방 안을 겨우 벗어났다.

　'아우, 깜짝이야. 이게 무슨 일이래. 쳇. 몸이 달았구먼. 귀신도 무서워서 벌벌 떤다는 총독부 경무국 높으신 나리도 초선 언니 앞에서는 별것도 아닌 모양일세. 소식 끊긴 여인을 만나겠다고 저 높으신 나리가 여기까지 직접 납신 걸 보면 제까짓 것도 춘향이한테 목매는 변 사또 꼴이지 뭐. 흥, 변 사또의 최후를 네깟 놈이 알려나 몰라. 하시모토야, 초선 언니의 마음은 네깟 놈이 돈으로든 권력으로든 살 수 없는 것이란다. 알겠니? 흥!'

　수희는 콧방귀를 뀌며 하연을 찾아 나섰다. 아직 의사 면허증은 없다고 하나 그래도 미국인 선교사에게 의학을 배우고 있으니, 초선이 기력을 찾을 약재 정도는 처방해 줄 수 있으리라.

저당 잡힌 삶

　하연은 팔에 화상을 입은 환자의 피고름을 닦아 내고 있었다. 이 더운 여름날 화상을 입은 상처에 무턱대고 된장을 발라 염증이 덧나고 심해진 상태였다. 하연은 상처 부위를 꼼꼼히 소독하고 연고를 발라 붕대를 감아 주었다.

　"아주머니, 화상을 입었을 때는 된장을 바르지 마시고, 물에 상처 부위를 담가 열기를 빼야 합니다. 아셨지요? 상처가 좀 누그러들고 새살이 돋을 때까지는 담아 드리는 약을 자주 발라 주세요. 상처에 나쁜 균이 닿지 않도록 조심하셔야 합니다. 그나저나 흉이 생기지 않아야 할 텐데 걱정이네요."

　"아이고, 아씨. 걱정하지 마세요. 다 늙은 년 팔뚝에 흉 좀 생기들 뭐 어쩌겠습니까. 우리 고운 아씨께서 이 고된 일을 하며 제 몸뚱이를 이리 살펴 주시고. 이 일을 죄송하고 감사해서 어쩐답니까. 제가 우리 아씨만 뵈면 마님 생각에……. 마님께도 큰 은혜를 받았는데, 그 은혜 제가 다 갚지도 못하고 우리 아씨께 또 이런 폐를 다 끼치고…….”

하연은 눈시울을 적시는 환자의 거친 손을 마주 잡으며 환히 웃었다. 그녀는 괜찮다는 하연에게 한사코 삶은 달걀을 품에 안기고 몇 번을 고개 숙여 인사를 했다. 어머니를 좋은 사람으로 기억해 주는 이가 있다는 것만으로도 하연에게는 큰 힘이고 위로였다. 몇 명의 환자를 더 돌보고 잠깐 짬이 생긴 하연은 우진의 어머니가 누워 있는 병실을 찾았다.

‘우진 오라버니, 어디에 계신가요. 어디서든 무사히 잘 계시지요. 무탈하게 건강히 지내셔야 합니다.’

하연은 우진의 어머니를 바라보며 허공에 대고 그의 안부를 물었다.

우진이 경성을 떠난 후 냄새를 맡은 경찰들은 혁진을 끌고 가 심문한 것으로도 모자라, 모친이 누워 있는 병원까지 쫓아와 우진의 거처를 캐물으며 윽박질렀다. 민 참의의 그늘에 있던 하연은 이미 파혼한 관계임을 알려 큰 피해는 없었다. 하지만 아들이 떠난 것을 알고 있을 리 없던 우진의 모친은 그날 심한 충격을 받았다.

미국인 선교사의 도움으로 한바탕 소동이 마무리된 후, 우진의 모친은 하연을 찾았다.

"하연아, 우리 우진이 어디로 간다던? 너는 알고 있지? 설마 너에게는 무슨 말을 전했겠지? 그렇지?"

하연은 고개를 숙인 채 고개를 저었다.

"죄송해요, 어머님. 듣지도 또 묻지도 못했습니다. 그저 보내 드리기만 했습니다."

"아이고. 하연아, 어쩌면 좋다니. 끝내 그 녀석 고집을 너도 꺾지 못했구나. 내 늘 불안하였다. 그런데 내 그 아이에게 그저 죽은 듯이 조용히 살자고 만은 할 수 없었더랬다. 내가 더 엄하게 그 아이를 붙잡아 두었다면⋯⋯."

"어머님, 그런 말씀 마시어요. 오라버니가 택한 길을 저는 원망하지 않아요."

"그래, 하연아. 내가 우진이의 선택을, 그 아이의 결정을⋯⋯

내가 차마……. 억지로 붙들 수는 없더구나. 죽은 듯이 살자고 하기에는……. 제 아비를 닮은 그 뜨거운 피를 가진, 아직 젊은 그 아이가 어찌 그리 살 수가 있겠니. 하연아, 그래도 나는 네가 있어서, 그 아이가 너를 두고 갈 것이라고는, 다른 길을, 다른 방도를 찾을 것이라 믿고 있었는데……. 하연아, 내가 그 아이를 너무 모질게 키운 모양이다. 미안하다. 내 너를……. 하연이 네가 불쌍해서 어쩐다니. 정말 미안하다. 하연아, 내가 죽어서도 네 어머니를 뵐 낯이 없구나."

"어머님. 그런 말씀 마세요. 오라버니는 절 두고 떠나신 것이 아니어요. 제가 보내 드린 것이어요. 오라버니, 반드시 뜻 이루고 곧 돌아오실 거예요. 그러니 어머님, 흔들리지 마시어요. 기운 내셔야 해요. 아시겠지요?"

그날 우진의 어머니는 빼빼 마른 손가락에서 헐거운 가락지를 빼내 하연에게 건넸다.

"하연아, 미안하다. 내 너를 며느리로 거두지 못한 것을 용서해라. 그래도 내 너를 단 한 번도 귀히 여기지 않은 적이 없단다. 하연아, 너는 젖먹이 때부터 지금까지 늘 내 사람이었다. 암만, 단 한 순간도 내 너를 내 사람이 아니라 생각한 적이 없어. 아이고, 하연아. 이 불쌍한 것. 정말 미안하다.”

우진의 어머니는 하연의 손을 쓰다듬으며 그날 베갯잇이 다 젖도록 하염없이 눈물을 흘리셨다. 그리고 끝내 의식을 잃었다.

하연은 혹여 욕창이 생길까 싶어 우진 어머니의 몸을 구석구석 닦아 주었다. 우진이 어머니를 위해서라도 오라버니가 꼭 돌아오기를 기도했다.

‘어머님, 견디셔요. 좋은 날 올 때까지. 어머님, 부디 우리 견뎌 내 보아요.’

“제가 할게요.”

어느새 병실에 들어온 혁진이 하연의 손에서 젖은 수건을 빼앗아 들었다. 하연은 쓰라린 마음으로 말없이 모자를 지켜보았다.

병원 뒷마당의 작은 연못엔 연보랏빛 연꽃이 활짝 피어 있었다. 저리 만개한 것을 보니 이제 곧 저 꽃은 시들어 갈 것이고, 이 무서운 무더위는 가을을 부를 모양이었다.

“아가씨, 감사합니다. 아가씨께 저희 어머니를 맡기고 자주 들여다보지도 못했습니다. 뭐라 드릴 말씀이 없습니다.”

"별소릴 다 하십니다. 제 어머님이나 다름없습니다. 그나저나,
도련님은……. 좀 괜찮으십니까?"

"예, 저야 뭐……."

괜찮다고는 하나 혁진의 얼굴은 몹시 상해 있었다. 형무소에
서 몇 날을 보내고 나왔으니, 이리 두 발로 걸어 다닐 수 있다는
것만으로도 다행이지 싶었다. 나란히 벤치에 앉은 하연과 혁진
은 한동안 말이 없었다. 먼저 입을 뗀 것은 혁진이었다.

"아가씨, 저는 도무지 형을 이해할 수가 없습니다. 병든 어머니
를 두고, 정혼한 여인을 두고 어찌 저리 제 생각만 할 수 있단 말
입니까. 살아도 같이, 죽더라도 같이 해야 하는 거 아닙니까? 제
가 아가씨 앞에서 얼굴을 들 수가 없습니다."

"도련님, 그간 많이 힘드셨지요?"

일본 놈들 입장에서는 끝끝내 잡히지 않던 끈질긴 독립군의
자식이었다. 그런데 그놈이 철통 보안을 뚫고 쥐도 새도 모르게
사라졌다. 남은 가족이 어찌 당했을지는 불 보듯 뻔한 이치였다.
혁진이 이리 살아 있는 것만으로도 천만다행이었다.

"후……. 제가 힘들어서가 아닙니다. 저는 도무지 형을, 형이
이해가 가지 않아요. 어찌 저리 제 생각만 합니까? 이곳에 남겨

질 사람들은요? 정혼자도, 어머니도, 저도. 형은 책임감이 없습니다. 제 생각만 한 것이 아니라면, 이리 흔적도 없이 사라질 수는 없는 일이죠. 아니 그렇습니까? 제가 아가씨께도 정말 면목이 없습니다."

"도련님, 저는 우진 오라버니가 저 때문에 이곳에 발목 잡혀 있었다면……. 만약 제가 우진 오라버니를 억지로 붙잡고 있었다면……. 그것이 되레 더 속상했을 것 같습니다. 그리고 저는 단 한 번도 우진 오라버니가 자신만 생각하는 책임감 없는 분이라고 여긴 적이 없습니다. 아시잖아요, 우진 오라버니……. 어릴 적부터 곶감 하나도 저랑 도련님 입에 먼저 넣어 주시던 분입니다. 책임감이 없어서가 아니라 책임감 때문에 떠난 길입니다. 저는 그리 믿고 있습니다."

"아가씨, 참의 나리가 아가씨 혼처를 알아본다 들었습니다. 원치 않는 혼인을 하실 수도 있습니다. 그런데도 형이 원망스럽지 않으십니까?"

혁진의 물음에 하연이 살포시 고개를 저었다. 그리고는 되레 혁진을 향해 되물었다.

"전혀요. 조금도 우진 오라버니를 원망할 마음이 없습니다. 도련님, 도련님은 형을 원망하십니까? 아버님을 원망하시나요?"

"예. 저는 원망합니다. 이해할 수가 없으니까요. 조선의 독립이 그리 쉬운 일입니까? 아버지와 형이 목숨을 걸고 싸우면 정말로 그 독립이 이루어진답니까? 그렇다면 저도 한번 나서 볼까요? 그 독립이 그리 쉽게 이루어지는 것인지 말입니다. 말도 안 되는 일이잖아요. 결국엔 나라님도 막지 못한 일입니다.

일본이 조선만 삼킨 것이 아닙니다. 얼마 전 만주국을 세웠습니다. 저 무시무시한 청나라의 땅을 다 집어삼키고 있다고요. 저들은 온 천하를 다 가지려 드는 무시무시한 놈들입니다. 그런데 이 힘없는 조선이 독립을 꿈꾼다고요? 그들로부터의 해방요? 하, 그게 어디 몇 사람이 목숨 걸고 나선다고 될 일입니까? 가당키나 한 일입니까? 조선인들이 죄다 목숨을 걸어도 저들의 총칼을 이길 수는 없습니다.

그런데 한번 보십시오. 죄다 목숨을 걸어도 시원치 않을 마당에 조선인들은 너나 할 것 없이 비겁하게 저들의 개돼지 노릇을 못 해 안달입니다. 안 그렇습니까? 개돼지로라도 배불리 살겠다고 일본 놈들 앞잡이 노릇을 하는 조선인들이, 저리 왕왕거리고 꼬리를 흔드는 이들이 우리 주변만 하더라도 천지에 깔렸는데,

그저 용기 있는 몇몇이 나선다고 독립이 될 말입니까? 제 말이 틀렸습니까? 아가씨, 아가씨는 온전히 형을 이해하신단 말입니까? 어찌 이해할 수 있습니까? 그것은 이해입니까? 아니면 그저 연정입니까?"

"연정요? 글쎄요. 그 때문이었다면, 돌아서는 우진 오라버니의 바짓가랑이를 붙들었겠지요. 어떻게든 곁에 있어 달라 사정을 했겠지요. 그런데 그럴 수가 없었습니다. 차마 붙잡을 수가 없었어요. 저를 두고, 또 어머님을 두고 간 우진 오라버니의 결정을 제가 어찌 탓할까요? 조선인들이 죄다 개돼지라 하셨나요? 모르겠습니다. 저 역시도 개돼지인지는. 예, 저는 비겁합니다. 그 비겁함으로 따지자면 저는 개돼지가 맞겠네요.

저는 어찌 비겁할까요? 제 손에 총칼을 쥐여 주고 일본 놈을 쏴 죽이고 찔러 죽이라 하면, 저는 무서워서 못할 것 같거든요. 칼에 베인 상처는 치료하는 것도 겁이 나는데, 아무리 일본 놈이라 한들 제가 어찌 사람을 쏴 죽이고, 칼로 찔러 죽이겠습니까. 예, 저는 못 해요, 못 합니다. 어디 그뿐입니까. 내 눈앞에 총칼을 들이대고 죽이겠다고 협박하면 저는 또 살기 위해 그들이 시키는 대로 개돼지처럼 짖고 핥겠지요. 무섭습니다. 너무 무서워요.

일본 놈들 손에 잔인하게, 총에 맞아 죽고, 칼에 찔려 죽고…….
그리 죽는 것이 너무 무섭네요. 너무 끔찍하고, 두려워요.

　그런데요, 도련님. 어느 날 독립군이 내게 와 밥 한 끼만 먹여
달라 사정한다면, 저는 어찌할까요? 예, 저는 수북이 담긴 밥공
기를 내어 드리렵니다. 그리하겠어요. 오갈 곳 없는 독립군이 하
룻밤만 숨겨 달라 한다면, 저는 제 침소라도 내줄 거예요. 동침
을 위장할 수도 있겠네요. 예, 저는 그리 하렵니다. 그들이 떠나
갈 때 내가 가진 것이 있다면, 어머님께서 주신 이 가락지라도
빼서 그들에게 내줄 참입니다.

　도련님 말이 맞아요. 나는 내 목숨 걸고, 총칼을 들고, 폭탄을
매달고 싸울 용기는 없습니다. 하지만, 마지막 순간을 걸고서라
도 반드시 지켜야 할 양심이 뭔지는 알아요. 그것은 조선인의 양
심입니다. 이 양심이, 떠나는 오라버니를 붙잡지 못했고, 떠난 오
라버니를 원망할 수 없게 하네요. 조선인의 양심이, 조선인의 이
헐떡거리는 심장이, 오라버니를 이해하게 합니다. 그리고 그 앞
에서 자꾸만 미안해집니다. 더 큰 용기를 가질 수 없어서, 작고
비겁해서 내가 너무 미안해집니다.”

　“하지만 양심만으로 나라를, 조국을 지킬 수는, 되찾을 수는 없

습니다."

하연의 말을 되씹던 혁진이 말했다.

"예, 알고 있습니다. 양심만으로 될 일이 아니지요. 그런데 저는 그저 덜렁 양심 하나 지키고 있을 뿐인데, 우진 오라버니는 목숨을 걸고, 가족과 정인을 걸고, 모든 것을 다 걸고 나선 길입니다. 그러니 그 길을 제가 어찌 원망할 수 있겠습니까. 도련님, 저는 우진 오라버니가 우진 오라버니라서, 제가 사랑한 사람이 우진 오라버니라서 참 좋습니다. 비겁하지 않은 이를 사랑할 수 있어서, 참 다행입니다."

하연의 말에 혁진은 더는 어떤 말도 이어 갈 수 없었다.

저들에게 저당 잡힌 삶을 어찌 살 것인가는, 그들 각자의 몫이었다. 치열한 고민 끝에 그들이 선택한 삶에 대해 누가 잘잘못을 가릴 수 있을까.

청춘에게 삶의 무게는 사랑과 미래다. 떠나간 연인에게 어떠한 원망도 없이 사랑도 미래도 오롯이 혼자 견뎌 내겠다는 하연에게 혁진이 더 무슨 말을 할 수 있을까. 둘은 한참 동안 곧 시들어 갈 연꽃을 바라보고 또 바라보았다. 그리고 그런 하연을 조금 떨어진 곳에서 수희가 물끄러미 바라보고 있었다.

"아씨……."

늘 자신이 품어야 할 것 같았던 여린 하연이 오늘은 조금 달라 보였다. 저 고인 물 안 진흙 바닥에 기어이 뿌리를 내리고 환한 꽃을 피우는 연꽃처럼.

그날, 하연은 한여름날의 연꽃이었다.

루베르, 불꽃 같은 사랑

"허허, 참. 그래, 고작 그깟 모자 하나 때문에 네가 이리 속병을 앓고 있다는 것이냐?"

"그깟 모자 하나라니요. 정말 너무 하십니다."

초선은 뾰로통한 얼굴로 하시모토를 새초롬히 흘겨보았다.

"초선, 내가 더 예쁘고 고운 모자를 또 구해다 주겠다. 나는 또 네가 무슨 큰 병이라도 걸린 줄 알고 걱정이 되어 이리 달려왔는데, 그깟 모자 때문이라니 어째 나를 놀리는 것 같아 기분이 상하는구나."

"하시모토, 당신께서 선물해 주신 그 모자를 제가 얼마나 소중히 여겼는지 아십니까? 구라파에서 구한 귀한 물건이라서요? 아

닙니다. 제게 귀하고 예쁜 것은, 얼마든지 더 있습니다. 그깟 모
자라 하시면, 그깟 모자이지만……."

"그래, 그러니 인제 그만 그 모자는 잊어버리고……."

"하시모토, 제게 선물해 주신 그 모자에 붙어 있던 빨간 보석
을 기억하십니까? 그것을 보고는 제가 입을 다물지 못했었지요.
행여 기억하고 계십니까? '홍옥' 말입니다. 구라파에서는 그 보
석을 '루베르', '루비'라 부른다지요? 하시모토, 그 붉은 보석이
무엇을 의미하는지 아십니까? 그 보석이 무엇을 뜻하는지 아시
나요?"

"글쎄, 도대체 그것이 무엇을 의미한다더냐?"

"그것은 '불꽃 같은 사랑'을 뜻한다 들었습니다."

"그래? 처음 듣는구나. 보석에도 의미가 있다는 것을, 그리고
그 보석이 그런 뜻을 가진 것도."

"예. 하시모토, 이제 제가 왜 이토록 속상해하는지 아시겠습니
까? 저는 지금 하시모토가 준 그 사랑을 잃었습니다. 제가 잃은
것은 그깟 모자가 아니라 당신이 제게 주신 불꽃 같은 사랑이란
말입니다."

"하, 그런 것이었더냐?"

"예. 제가 잃어버린 것은 당신의 사랑입니다. 아니, 우리의 불꽃 같은 사랑이란 말입니다."

앙다문 입술을 삐죽거리는 초선의 눈엔 눈물까지 고여 있었다. 화장기 없는 말간 얼굴에 눈물까지 가득 담은 청아한 눈동자. 하시모토는 달아오르는 욕정을 참지 못하고 초선을 품에 안으려 했다. 하지만 초선은 살짝 몸을 틀어 그런 하시모토를 밀어냈다.

"지금은 아니 됩니다. 찾아 주시어요. 하시모토, 잃어버린 불꽃 같은 사랑을 다시 제게 가져다주시어요. 그 보석 없이 저는 다시 불타오를 수가 없습니다."

"허허, 거참. 하하하. 그래, 알겠다. 이 하시모토가 네 잃어버린 불꽃 같은 사랑을 반드시 되찾아 줄 것이야. 네 앞에 그 불꽃을 다시 가져다주는 날, 너는 아마 단단히 각오해야 할 것이고. 내 그 불꽃이 어찌 타오르는지 똑똑히 볼 것이니까."

"하시모토, 우리의 불꽃 같은 사랑을 훔쳐 간 이도 반드시 요절을 내주셔야 합니다. 아시겠습니까?"

"암만. 그래야지. 하하하."

하시모토는 이 순수하고 귀여운 여인과의 사랑놀이가 무척이나 재미있다고 느꼈다. 조선의 여인은 하나같이 이리 순수하고 맑았다.

'그깟 모자 하나에 식음을 전폐하다니. 후후.'

하시모토는 하루빨리 초선을 품에 안기 위해 서둘러 잃어버린 '빨간 보석이 달린 남색 클로쉐'를 찾기 시작했다.

초선은 하시모토가 다녀간 후, 깨끗이 단장을 하고 조용히 음식을 씹어 삼켰다.

'불꽃 같은 사랑.'

초선을 품에 안고 싶어 입맛을 다시던 하시모토를 떠올리자 이내 역겨움이 일었다.

'하시모토, 네가 모르는 것이 있다. 나를 품에 안던 이들의 가슴에 나는 칼을 꽂았다. 내 입술을 훔치던 그 더러운 입술엔 시커먼 독약을 묻혔고, 내 나라 내 조선을 훔친 자들은 그렇게 내 하나씩 다 갈기갈기 찢어 죽일 생각이다. 불꽃 같은 사랑이라, 내게 그 사랑은 조선이다. 하시모토, 네가 온전히 가질 수 없는 것을 감히 함부로 탐내지 말아라. 나를 탐내고, 조선을 탐낸 너 역시 반드시 그 죗값을 받을 것이야.'

초선의 어미는 조선 최고의 소리 기생이었다. 그녀의 목소리 엔 무거운 한이 서려 있었지만, 때론 그 목소리가 너무 맑아 옥 구슬 소리와도 견줄 수가 없다 했다. 그 목소리를 들으려 조선 팔도에서 가진 자들이 줄을 섰다. 그들 틈에 초선의 아비가 있었 고, 초선은 아비가 누구인지도 모른 채 권번에서 태어나 권번에 서 길러진 기생이었다.

어린 초선을 두고 어미가 만세 운동을 하다 유명을 달리했다 들었을 때, 초선은 어미가 무엇을 위해 만세를 불렀는지도 알지 못했다. 초선에게 조선의 독립 따위가 무슨 상관이었을까. 이 땅 의 주인이 조선인이든 일본인이든 초선은 아무 상관이 없다고 생각했다. 그저 어미에게 물려받은 목소리와 빼어난 미색으로 그 누가 주인인 세상이든 나는 그저 한세상 실컷 누리고 가면 그 뿐이라고 초선은 그리 생각했다. 주인이 누구든 간에 나는 그저 기생일 뿐이니까. 그분을 만나기 전까지는 그저 한낱 기생일 뿐 인 초선이었다.

제 근본도 모르는 고아, 남정네들의 노리개, 소리를 팔고, 춤을 팔고, 몸을 파는 천한 기생. 그런 기생이었던 초선을 당신과 똑 같은 사람으로 대해 주신 분이 있었다. 다름 아닌, 민 대감댁 안방마님이셨다.

어느 날, 우연히 초선이 그린 그림을 보고 마님이 초선을 찾아왔다.

"혹시, 내가 그림을 좀 배울 수 있겠습니까?"

기생이 그림을 그릴 줄 아는 것은 남다른 재주가 아니었다. 권번에서는 춤과 노래, 악기를 주로 가르쳤지만, 글도 가르치고 그림도 가르쳤으니까. 초선의 그림이 마음에 든다며 더러 얻어 가는 이들도 있었고, 또 오가는 이들에게 초선이 먼저 선물을 한 적도 있었지만, 자신에게 그림을 배워 보겠다고 직접 찾아온 이는 마님이 처음이었다. 게다가 지체 높은 양반집 귀한 마님이 나이도 한참이나 어린, 천한 기생 따위에게 존대하며 청하는 것이 초선은 무척 생경했다. 하지만 초선은 고운 치마저고리에 쪽 찐 머리를 하고 단아한 모습으로 나타난 그 낯설고 어색한 조선의 여인에게 호감이 생겼다.

그날 이후로 초선은 짬이 나면 때때로 마님을 찾아가 함께 그림을 그렸다. 마님은 주로 화조도를 그렸는데, 그중에서도 연화도를 즐겨 그렸다.

"저리 예쁜 꽃을 눈에 담아 누시련 될 터인네, 왜 애써 그림을 그리십니까?"

마당의 작은 연못에 활짝 핀 연꽃을 보며 초선이 물었다.

"사계절 내내 보자면, 화폭에 담아 두는 것이 더 좋을 듯 싶어 서지요. 나중에 저 아이 시집을 보내고 나면 적적할 때 그리기에도 좋을 듯하고."

마당에 쪼그리고 앉아 흙장난하는 어린아이의 이름이 연꽃이라고 했다. 한여름날의 연꽃, 하연.

초선이 어린 계집아이가 노니는 마당을 내려다보며 마님과 함께 그림을 그리는 시간은 점점 더 길어졌다. 어쩐지 그곳에서 그림을 그리고 있자면, 죽은 어미가 살아나 초선의 머리를 쓰다듬어 주는 듯한 기분이 들었기 때문이다.

마님의 집에는 마당의 화초들 말고도 초선의 눈을 끄는 것이 많았는데, 그중의 하나가 오래된 듯한 오동나무 장에 가득히 꽂혀 있던 책들이었다.

"저 많은 책은 마님께서 다 읽으시는 건가요?"

마님은 책에 관심을 보이는 초선에게 이런저런 책들을 권해 주었다. 경성의 글을 아는 여인들은 죄다 읽었다는 이광수의 〈무정〉에서부터, 정지용, 나혜석의 시집은 물론 도스토옙스키와 발

자크의 소설도 모두 그 오동나무 책장에서 가져다 읽은 것들이었다.

어느 날부터 초선은 마님에게 책을 빌려 읽고, 그 책에 대해서 함께 이야기를 나누며 그림을 그리는 시간을 손꼽아 기다리게 되었다. 책은 읽을수록 빠져들었고 그 책에 대해서 마님과 마주 앉아 친구처럼 이런저런 이야기를 나누다 보면, 쩍쩍 갈라지던 속 깊은 갈증이 사라지는 듯했다.

"아휴. 아이를 낳고 점점 나이를 먹으니, 이젠 어제 읽은 책의 주인공 이름도 가물가물하지 뭐예요. 서양 사람들 이름은 어째 다들 그리 길고 어려운지. 초선 씨는 더 많이 읽고 배워서 나보다 더 큰 꿈을 품고 살아요."

여러 차례 말씀을 편하게 놓아 달라 청했지만, 마님은 어찌 감히 그림을 배우는 스승님에게 말을 낮추냐며 늘 존대했다. 책을 읽고 토론할 때도 초선의 말에 귀 기울이고, 서로 다른 의견도 끝까지 경청해 주셨다. 그렇게 마님과 함께하면서 초선은 몰랐던 자신을 찾았다.

'나는 노리개가 아니다. 나는 누군가가 마음으로 귀히 여기는 사람이다.'

그리고 얼마 후, 대감마님이 총독부에 끌려가 고초를 당하고 있다는 소문이 돌았다. 초선은 걱정스러운 마음에 한걸음에 마님을 찾아갔다. 하지만 마님은 초선을 냉정하게 내쳤다.

"더는 그림을 배울 형편이 되지 못하니 돌아가십시오. 더는 내 집에 발을 들이지 마시어요."

초선은 마님의 급작스러운 태도 변화에 상처를 받았지만, 그저 어머니 같았고, 또 친자매 같았던 소중한 그분에게 더는 불운이 닥치지 않기를 빌고 또 빌었다. 하지만 초선의 바람과 달리 얼마 지나지 않아 흉흉한 소식이 귀에 들어왔다.

결국, 경성에서 가장 존경받던 민 대감댁이 하루아침에 허무하게도 모래성처럼 무너져 내렸다. 그 허탈함은 초선만이 느낀 것은 아니었다. 지킬 수 없었고, 지켜 주지 못했던 모두가 그 허망함에 크게 상처를 받았다.

그 후 얼마 지나지 않은 어느 날 밤, 쓰개치마를 쓴 마님이 초선을 찾았다. 초선이 버선발로 뛰어나왔을 때, 환한 달빛이 숨은 마님의 얼굴을 비추었다. 몹시 상한 그 얼굴은 예전의 그 곱던 얼굴이 아니었다. 초선은 눈물을 삼키며 마님의 청을 귀담아들었다. 그리고 마님의 두 손을 단단히 마주 잡았다.

"걱정하지 마세요. 이 초선이, 반드시 마님과 한 약속을 지키겠습니다."

그 후로 초선은 마님이 큰 병을 얻어 작은 암자에서 숨을 거두었다는 소식을 듣고도 찾지 않았다. 그날의 약속을 지키기 위함이었다.

간악한 자

초선의 잃어버린 남색 클로쉐를 찾는다는 소문은 하루아침에 경성 바닥에 퍼져 나갔다. 경무국의 고위 관료가 내린 명인만큼 경찰서의 순사들은 물론 장물아비들까지 나서 초선의 모자를 수소문했다. 초선이 주로 이용했고 춘복도 소속되어 있던 인력거 조합은 샅샅이 털렸지만 아무런 단서도 나오지 않았다.

초선의 모자만 찾으면 한동안 배 곯을 걱정은 하지 않아도 될 터였다. 그 모자에 붙여진 보석 값만 해도 쌀이 수십 가마니는 된다 했지만, 하시모토가 내건 사례금 또한 만만치 않았다.

"백 사장, 소문 들었겠지?"

"무슨 소문 말입니까?"

"허, 참. 기생년의 모자를 찾는다는 소문을 여태 듣지 못한 것인가?"

"아, 초선이 가지고 있던 모자인지, 빨간 보석인지를 찾고 있다는 것을 듣긴 들었습니다만……."

"자네, 내 말 잘 듣게. 그 모자만 우리 손에 들어오면, 하시모토의 사례금은 물론 내 자네에게 이 전당포를 하나 더 차려 줄 수 있다네."

총독부 경무국 산하의 경찰서장 이만석은 초선의 모자에 침흘리고 있는 수많은 이들 중 하나였다. 조선인이지만 일본 놈들보다 더 악랄할 고문관. 사람의 뼈를 하나하나 훑어 가며 고문을해 없는 자백도 만들어 낸다는 지독한 놈이었다. 이만석에게 걸리면 살아서도 송장보다 못한 신세가 된다는 소문이 파다했다. 길을 지나던 개도 이만석을 보면 꼬리를 내리고 숨는다고 할 정도였으니까.

"백 사장, 내 말 무슨 말인지 알아듣겠는가?"

이만석이 쪽 잡아 째진 눈을 번뜩거리며 백 사장에게 물었다.

"암요, 그 모자인지 보석인지, 제가 반드시 서장님께 가져다드리겠습니다. 그런데 전당포는 지금도 충분합니다. 저도 이제 나이가 있어서 세 군데를 오가며 관리하자니 힘이 좀 부치네요. 대신, 제가 서장님께 청이 하나 있습니다만…….”

“청? 무슨 청?”

이만석이 잔뜩 찌푸린 얼굴로 물었다. 제까짓 것이 감히 시키는 일이나 할 것이지, 청을 하다니 마땅치 않았다. 그간 야무진 일 처리가 맘에 들어 돈벌이를 넉넉히 시켜 주었더니 배가 부른 모양이었다. 조만간 제대로 한번 손을 봐줘야겠다고 이만석은 속으로 생각했다.

“다름이 아니라, 아시다시피 제 딸년이 혼기가 차서…….”

“뭐? 그럼, 나더러 중매를 서란 말인가? 난 또 뭐라고. 뭐, 그야 어렵지 않지. 우리 경찰서만 해도 괜찮은 젊은 총각이…….”

“서장님. 제겐 하나뿐인 여식입니다. 그런 자리라면 제가 서장님께 부탁하겠습니까?”

백 사장이 이만석의 말을 끊고 단호한 눈으로 이만석을 바라보았다.

“허! 그러니까 한낱 경찰서 순사에게는 시집을 못 보내겠다? 그럼? 나더러 누굴 알아봐 달라는 게인가?”

“제가 하시모토가 찾는 물건을 찾게 되면, 그것을 전달하는 자리에 저를 좀 불러 주시지요. 거기까지만 해 주시면 됩니다. 자리만 만들어 주시면, 물건을 찾은 사례 중 제 몫은 일절 받지 않겠습니다."

"뭐라? 하시모토? 허! 이 사람 좀 보게나. 자네 지금 하시모토를 사위로 삼겠다는 건가? 제정신인 게야? 허, 참. 하하하. 하하하하."

과연 백 사장이었다. 돈은 채울 만큼 채웠으니 이제 권력을 가져 보겠단 것이었다. 본토에서 온 총독부 관료와 연을 맺으면 백 사장은 날개를 얻는 셈이다. 백 사장이 숨은 돈을 다 내걸면 하시모토가 솔깃할지도 모를 일이다. 하지만 기생년에게 혼이 팔려 그깟 모자를 찾겠다고 저리 날뛰고 있는 하시모토에게 딸을 내주겠다는 건가. 이만석은 백 사장의 속내를 들여다보기 위해 확인차 다시 물었다.

"백 사장, 그 기생년의 모자를 찾는 사람이 누군지 혹여 모르고 있나? 기생년에게 혼이 팔려 그깟 모자를 찾겠다고 이 난리를 치는 사람이 누군지 정말 모르고 있는 게야? 하시모토는 지금 초선에게 홀려 제정신이 아니란 말일세. 그런 자에게 정말 딸을 넘겨주겠다는 건가?"

"하하하. 알지요. 제가 모를 리가 있겠습니까? 하지만 걱정 안 합니다. 초선이는 결국 날고뛰어도 그저 기생년이니까요. 안 그렇습니까? 그저 한때의 노리개일 뿐이지요."

"허, 참. 역시 자네답구먼."

백 사장 말대로 초선은 기생이다. 그러니 하시모토가 문지방이 닳도록 초선을 만나러 다닌다 한들, 초선과 혼인할 리는 없을 것이다. 하지만 초선이다. 경성의 사내라면 누구나 한 번쯤 품고 싶어 하는 여인, 초선. 백 사장의 뜻대로 일이 풀린다고 하더라도 그리되면 그 딸은 아마 평생을 독수공방할 것이다. 초선에게 마음을 빼앗긴 남자의 마음을 어찌 다시 찾아올 수 있겠는가. 그걸 뻔히 알면서 그 자리를 탐내다니…… 제 잇속을 위해 딸도 팔아먹겠다는 욕심 아니던가. 하나뿐인 여식을 팔아서라도, 그 여식이 평생 독수공방을 한다고 하더라도, 제 어깨에 날개를 달고 싶어 하는 저 백가의 욕심은 과연 어디까지인가.

"서장님, 자리만 만들어 주십시오. 일이 잘 풀리면 서장님 앞길은 제가 닦아 드릴 것입니다. 약속드리지요."

"흠……."

백 사장 말을 듣고 보니 밑지는 장사는 아닌 것 같았다. 백 사장과 이만석, 두 간악한 인간은 마주 앉아 차를 홀짝이며 서로를 저울질하기에 바빴다.

"알겠네. 내 신경 써 봄세. 일단, 물건부터 찾고 난 뒤에 이야기 함세."

"감사합니다, 서장님. 오래 걸리지 않을 것입니다. 곧 연락드리지요."

백 사장은 그깟 모자가 땅으로 꺼지거나 하늘로 솟지 않은 이상, 제 손에 들어온 것이나 다름없다고 여겼다. 그 모자에 붙은 보석이 제아무리 비싼 것이라 할지라도 어쭙잖게 그 보석에 눈이 멀었다가는 목숨이 위태로울 수 있었다. 총독부에서 찾고 있는 물건이었으니까. 누군지 모르지만, 그 물건을 가진 자는 당장에라도 팔아 치우고 싶은 심정일 것이었다. 총독부에서 찾는 물건을 어찌 겁 없이 오래 감추고 있겠는가. 자, 그렇다면 경성에서 그 물건값을 제대로 쳐 줄 곳은 어디인가? 바로 이 전당포뿐이다. 그러니 결국, 어떤 식으로든 그 물건은 곧 손에 들어올 것이었다.

그 모자를 찾는 이가 하시모토라는 걸 알게 되었을 때, 이 모든 것을 머릿속에 그림을 그려 넣은 백 사장은 하늘이 준 기회라고 감탄했다.

'하시모토……'

이만석이 자리를 뜬 후 백 사장은 소파 깊숙이 몸을 밀어 넣고 눈을 감았다. 부푼 꿈이 눈앞에 그려지고 있었다.

백 사장은 물건을 찾고 나면, 초선을 없앨 생각이었다. 제아무리 경성 제일의 미색 초선이라도 해도 죽으면 뻣뻣하게 굳어 시커멓게 썩어 버리는 육신일 뿐이었다. 눈에서 멀어지면, 마음도 멀어지는 법. 하시모토가 지금은 혼이 팔려 날뛴다고는 하나, 초선이 사라지고 나면, 되레 일은 더 수월하게 풀릴 것이었다. 철없는 자신의 딸, 금주에게 하시모토는 차고 넘치는 짝이었다.

'금주 고년이 어쩌자고 제 어미만 똑 닮아서는……. 쯧쯧.'

한참 예쁜 나이라 한껏 꾸미면 그냥저냥 봐줄 만하긴 했지만, 언감생심 아무리 제 딸이라 해도 초선에 비할 수는 없었다. 초선을 하시모토의 눈앞에서 사라지게 한 후, 하시모토의 마음은 돈으로 사야 할 것이었다.

'흠, 하시모토의 구미를 당기려면 어지간한 것으로는 어림없을 터인데, 무엇이 좋을꼬……'

115

백 사장은 골똘히 머리를 굴렸다. 본토에서 온 일본인들이 가장 원하는 것은 바로 조선의 땅이었다. 찰진 쌀을 생산해 내는 넓은 농지. 동양 척식 주식회사를 통해 이미 많은 땅이 일본인들의 차지가 되었지만, 여전히 많은 일본인이 조선의 땅을 노렸고, 닥치는 대로 사들이고 있었다. 백 사장은 얼마 전 자신의 전당포에 노름빚을 크게 진 최가의 여주 땅이 떠올랐다.

'오호라! 서둘러 최가의 땅을 헐값에 사들여야겠어. 추수 전까지는 당장 빚 갚을 돈이 없을 터이니……. 세상 물정 모르는 그 인간을 슬슬 잘 구슬려 그 땅을 손에 넣으면 되겠구먼. 흠, 여주 땅의 쌀은 임금님께 바치던 것이었다는데……. 아깝지만 어쩌겠는가. 쩝.'

기름기 좔좔 흐르는 쌀을 생산해 내는 땅을 하시모토에게 넘길 생각을 하니 아까운 마음이 들었지만, 백 사장의 꿈을 이루려면 어쩔 수 없었다.

'노비 문서를 불에 태우고, 양반 족보를 구한들 그것이 이제와 다 무슨 소용인가. 지금은 일본인으로 살아가야 할 세상이다. 모아 둔 재산이 태산 같다 하여도 조선인이라면, 언제 어떻게 빼앗기게 될지 모를 일이지. 조선인은 저들의 식민지인일 뿐이니

116

까. 이 땅에서 제대로 한세상 살아 보려면, 이젠 일본인이 되어야 한다. 그러기 위해 무슨 수를 써서라도 하시모토를 이 백가의 집안에 들여야만 한다.'

하시모토의 마음을 살 방법을 찾고도 백 사장은 초선을 쥐도 새도 모르게 해치울 방법을 생각하느라 그 자리에서 한동안 꼼짝하지 않았다.

'단번에 죽이기엔 좀 아까운 년이긴 하다만……'

백 사장은 초선의 잘록한 허리를 떠올리고는 쩝쩝 입맛을 다셨다.

며칠 후, 춘복은 동지들과 함께 어울려 있었다.

'이들 중 누구일까? 누가 동지들을 팔아먹고, 나라를 팔아먹고 있는 것일까?'

춘복은 동지들을 한 명 한 명 유심히 살펴보았지만, 쉽게 감이 잡히질 않았다. 춘복은 계획대로 모두의 앞에서 자연스럽게 초선의 모자에 대한 정보를 흘릴 생각이었다. 이곳에 모인 동지 중에 초선이 조직의 숨은 수장이라는 것을 아는 이는 춘복뿐이었고, 당분가 백 사장의 전당포와는 절대 거래하지 말라는 조직의 명령은 모두가 이미 숙지하고 있었다. 그러니 이 시간 이후로 전당포를 제 발로 찾는 자는 춘복이 찾는 용의자가 될 것이었다.

"자네들도 알고 있지? 초선의 모자를 찾아오면 하시모토가 적지 않은 사례금을 준다고 했다더구먼."

"에이, 그런데 말이야⋯⋯. 누군가 그 모자를 가지고 있다고 하더라도, 이 상황에서 누가 그것을 떡하니 내놓겠난 말이지. 안 그러나?"

"제법 커다란 보석이 붙어 있으니, 내다 팔면 값 좀 받을 줄 알고 훔쳐 간 모양인데 하필 하시모토가 눈에 불을 켜고 찾고 있으니, 섣불리 어디 내다 팔 수도 없고. '그 모자, 내가 훔쳐 갔소. 그러니 사례금을 주시오.' 할 수도 없는 노릇 아닌가? 쯧쯧. 누군지 모르지만, 아주 제대로 헛고생한 것이지."

"그렇지! 목숨 내놓고 모자를 거래해야 할 판이니. 거참. 그 물건을 가지고 있는 사람도 똥줄 탈 노릇일세."

"거래는 무슨, 가지고 있다가 걸리기라도 하면, 그 자리에서 바로 저승길로 갈 텐데. 모르긴 몰라도 아마 싸매고 누워 있지 싶네."

"음, 하시모토를 상대로 그 모자를 거래할 사람이 딱 한 명 있긴 있는데……."

"누구? 누가 겁 없이 그런 거래를 하겠는가?"

"백 사장."

"오호라! 듣고 보니, 백 사장이라면 가능할 성싶네."

"능글능글한 백 사장은 뒤를 봐줄 이만석도 있으니, 뭐 그럴 수도 있겠구먼."

"허! 자네들 아직 그 소식은 못 들은 모양일세. 백 사장 그놈이 무슨 생각인지 하시모토보다 사례금을 더 걸었다고 하던데? 경성의 장물아비들한테 모자를 구하면 전당포로 가져오라고, 하시모토의 사례금보다 더 얹어 준다고 한 모양이더라고."

"그래? 이만석이 어서 찾아오라고 닦달이라도 한 모양이지? 금세 찾아낼 줄 알았는데, 여태껏 그놈의 모자가 코빼기도 보이질 않으니 백 사장이 애가 탄 모양일세."

"춘복, 자네는 인력거 조합에서 들은 정보가 없나? 초선이 그 모자를 들고 인력거를 탔다더구먼. 인력거꾼들을 샅샅이 다 잡아다 조사했다 들었네만……. 자네는 뭐 들은 바 없나?"

"글쎄. 뭐, 다들 조사는 받았다고 하는데, 별다른 것은 나온 것이 없다더라고. 아 맞다! 거, 그런데 내가 슬쩍 들은 것이 있기야 있는데 말일세. 이리들 좀 모여 보시게. 내 목소리를 좀 낮춰 자네들에게만 하는 얘기이니. 자네들, 어디 가서 절대 말하면 안 되네. 알겠는가?"

"하이고, 참. 뭔데, 그리 뜸을 들이나? 어서 말해 보게."

"실은 뭐, 별건 아니고. 저 어디 산신당 쪽에 갔던 이가 돌아오지 않았다는 얘기는 듣긴 들었네만. 그 사람이 얼마 전에 초선을 태웠다고 하더라고. 쩝, 그런데 우리가 안다고 한들 뭐 어쩌겠는가. 알아도 모르는 게 상책이지. 안 그런가?"

"그렇지. 그 말이 맞네. 우리야 알아도 모르는 척, 쥐 죽은 듯 있어야 하네. 다들 몸조심하시게."

"맞는 말일세. 다들 관심 가지지 말게. 우리야 당분간 백 사장 눈에 띄어서 좋은 일 없을 걸세. 그놈의 전당포만 들어갔다 나오면 죄다 바로 경찰서행이지 않나. 그 늙은 여우 눈에 띄면 또 무슨 험한 일을 당하게 될지 모르니, 그저 우리는 수장의 명령대로 당분간 전당포는 얼씬도 하지 말아야 하네. 다들 알아듣겠나?"

"암만. 그래야지. 자, 정신 차리고, 어서들 국밥이나 먹게."

"그려, 모자인지 보석인지 우리가 알 바 아니니, 어서 먹기나 하자고."

모두가 먹고 살아가기 바쁜 세상이었다. 무슨 일이든 해야 돈을 벌었고, 돈이 있어야 살아갈 수 있었다. 남들이 무엇으로 먹고사는지 궁금해할 여유 없이, 그저 하루하루 내 입에 풀칠하며 살기 바쁜 그런 세상이었다. 어린애를 둘러업고 공장에서 내내 신발을 만드는 이도 있었고, 포목점을 돌며 일감을 받아 밤새 삯바느질로 줄줄이 딸린 자식들을 먹여 살리는 이도 있었다. 하지만 노동의 가치는 자본의 가치에 비해 언제나 형편없었다. 일한 자들은 굶주렸고, 일하지 않은 자들은 부른 배를 두드리며 살아갔다.

춘복은 가진 자들의 올가미에서, 일본의 식민지에서 하루빨리 민족을 해방시키고 싶었다. 그리고 그 꿈은 동지들 모두의 가슴에 똑같이, 함께 품은 것이라고 믿었다. 하지만, 돈의 유혹에 그 꿈을 팔아 버리는 동지들이 하나둘 생겨났다. 꿈을 품는 시간이 길어질수록 누군가에게는 그 꿈이 더 찬란하게 빛나기 시작했고, 또 다른 이들에게는 그 꿈이 퇴색되어 가고 있었으니까.

춘복은 함께 국밥을 말아 먹고 있는 동지들을 한 명씩 살펴보았다. 하지만 겉으로 봐서는 감을 잡을 수 있는 이가 아무도 없었다. 하지만 그날 밤, 야학에 김 씨가 나타나지 않았고, 그제야 춘복은 모든 것을 알아차렸다.

한동안 야학은 물론 동지들의 모임에도 김 씨는 나타나지 않았다. 크게 다쳐 앓아누운 것이 아닌지 걱정하던 동지들이 그의 집을 찾았지만, 어디에도 그의 흔적은 남아 있지 않았다. 남겨진 동지들의 얼굴이 하나같이 어두워졌다. 하지만 약속이라도 한 듯 모두가 더는 김 씨의 안부를 묻지 않았다.

그렇게 조직으로부터 도망쳐 자신의 흔적을 모조리 지워 버린 김 씨가 드디어 춘복의 시야에 들어왔다. 김 씨는 검은 모자를 깊이 눌러쓰고 품에는 보자기를 안은 채로 전당포 계단을 오르고 있었다. 하루도 빠짐없이 밤낮으로 백 사장의 뒤를 쫓으며 전당포를 주시하던 춘복은 그 모습을 단단히 지켜보고 있었다.

잠시 후, 김 씨는 품에 두둑한 돈 봉투를 찔러 넣으며 계단을 내려오고 있었다. 야비하게도 함박웃음을 지으며.

'하아. 이 사람아, 그리 좋은가? 자네, 돈이 그토록 좋단 말인가? 혼을 팔고, 동지를 팔고, 나라를 팔아먹어 챙긴 그 돈이 어찌 그리 좋을 수가 있는가? 자네는 결국, 돈의 노예가 되었네. 우리가 밤새워 가며 토론하고, 반드시 이루어 내자고 약속했던 혁명의 꿈은 이제 어찌 되는 건가? 자네는 그 꿈을 버리고, 돈의 노예

가 되어, 일본 놈 앞잡이로 버러지처럼 사는 삶을 택한 것인가? 자네는 그리해서는 안 되는 것이었네.'

춘복은 끓어오르는 분노의 감정을 차분히 누르며 조용히 김 씨를 뒤따랐다. 김 씨가 으슥한 골목에 접어들었을 때, 춘복은 의연하게 김 씨 곁으로 다가가 나란히 걸었다.

"어, 어? 추, 춘복……. 자네 여기 어쩐 일인가?"

춘복은 김 씨의 물음에 답하지 않고, 그저 앞만 보며 천천히 김 씨의 곁을 따라 걸었다. 그리고는 좁은 골목의 끝에서 춘복이 김 씨를 향해 천천히 되물었다.

"이보게, 내 자네에게 하나만 묻지. 자네는 이 조선 땅에서 우리의 혁명이 가능할 것이라 믿나? 우리가 저 일본 놈들로부터 독립하리라는 것을 믿어? 우리가, 자네와 내가 사람답게 살 수 있는 날이 오리라고 믿나? 자, 어서 대답해 보게! 어서!"

"으, 응? 왜, 왜 그러나? 추, 춘복……. 우리 어디 가서 차분히 얘기해 봄세."

"자, 대답해 보게. 자네는 믿고 있나? 그런 날이 올 것이라고? 믿느냔 말이다!"

"다, 당연히, 미, 믿지, 암만 믿고말고."

"하! 그런가? 어떻게 그리 믿나? 나는 점점 믿을 수가 없어지는데. 자네 같은 변절자가 자꾸만 생기는데. 동지들을 배신하고, 저 일본 놈들 오물을 다 받아 내주며, 제 아가리에 쌀밥 한 그릇 쳐넣기만을 바라는 자네 같은 기생충이! 없애 버려도, 없애 버려도! 자꾸만 생기는데! 어찌 그런 세상이 올 거라 믿겠는가! 어찌!"

"추, 춘복. 자, 잠깐만 지, 진정하시게."

"내가 자네 같은 기생충들을 보며 무엇을 깨달았는지 아는가? 민족 해방을 위해서는 왜놈들이 아니라, 자네 같은 버러지들을 먼저 없애야 한다는 것을 깨달았네. 민족 해방과 조선 독립을 위해서 나는! 이 방춘복은! 어제의 동지였던 변절자들, 양심을 버린 조선인을 모조리 찾아내 다 죽여 버릴 거라네! 왜냐? 나는 그럼에도! 여전히! 조선의 독립과 민족의 해방을 소원하니까 말이야!"

핏대를 세운 춘복이 김 씨를 노려보며 총구를 겨눴다.

"추, 춘복. 정말, 미, 미안하네. 하지만, 사정이 있었네. 내 말 좀 들어 보게. 내가 잘못했네. 정말 미안하네."

"하! 그 말은 저승에 가서 동지들을 만나거든 그때 하시게."

탕!

"사, 살려 주게. 추, 춘복……."

김 씨는 앞으로 고꾸라져 피를 뿜어내면서도 제 목숨을 구걸하고 있었다. 춘복은 그런 김 씨를 물끄러미 바라보았다. 그리고 김 씨의 품에서 피 묻은 돈 봉투를 꺼냈다.

"자네가 동지들을 팔아 챙긴 이 돈은 민족 해방을 위해 값지게 쓰일 걸세."

춘복은 숨진 옛 동지의 시신도 거둬 주지 않은 채로 유유히 어둠 속으로 사라졌다. 춘복은 그들을 지켜본 낯선 시선이 있었음을 미처 알아채지 못했다.

그 시각, 자신의 끄나풀이 죽었다는 것을 알지 못하는 백 사장은 탁자 위에 올려놓은 초선의 모자를 내려다보며 흐뭇해하고 있었다.

'초선이 네년이 이 모자를 다시 쓰는 날이 과연 올까? 쯧. 불쌍한 년.'

백 사장은 초선을 없앨 계획을 찬찬히 되짚어 보고 있었다. 어딜 가나 이목을 끄는 초선을 쥐도 새도 모르게 처리하기는 힘들

것이었다. 조용히 처리하기보다는 정확히 처리해야 한다는 판단
에 백 사장은 저격수 강 포수를 불러들일 참이었다. 강 포수가
초선을 처리하고 나면 시끄러운 뒤처리는 이만석에게 맡기면 될
것이었다.

'이번 일만 뜻대로 된다면 경성을 통째로 내 손바닥 위에 올려
놓는 것은, 시간문제다. 이제 그 누구도 나를, 이 백가를 만만하
게 보지 못할 것이야!'

백 사장은 이 모든 것을 상의하기 위해 이만석에게 전화를 걸
었다.

백 사장의 전화가 걸려 왔을 때, 이만석은 서혁진에 대한 보고
를 받고 있었다.

"아무런 움직임이 없단 말이지? 알겠어. 그 새끼 숨소리까지
다 감시해! 그 어미 병원에도 사람 붙여 놓고. 알겠어? 두 눈 똑
바로 뜨고 놓치지 말란 말이야! 내 말 알아들어?"

현상금까지 걸린 독립군의 자식 중 하나가 쥐새끼처럼 사라졌
다. 여태 흔적을 찾지 못하는 걸 보면 서우진은 아마도 제 아비
가 있는 곳에 용케 자리를 잡은 모양이었다.

'거참, 이 쥐새끼가 도대체 어디에 숨어 있을까?'

제 어미가 아직도 병상에 누워 있으니, 어미의 숨이 끊기기 전까지는 정 많은 작은 아들 혁진은 경성을 떠나진 못할 것이다. 그간 지켜본 것과 이만석의 육감을 더해 판단해 보자면, 혁진은 어설프게 독립이니 해방이니 하는 뜬구름을 잡을 놈은 아니었다. 사실, 잡아다 제대로 고문하면 뭐라도 만들어 낼 수 있을 것 같았는데, 현상금까지 걸린 대단한 독립군의 자식이다 보니 세간의 이목을 끌었다. 민심을 잃을 서툰 행동은 하지 말라는 명령대로 이만석은 혁진을 점잖게 회유했다.

"장남은 제 어머니도 버리고 저 혼자 살겠다고 도망친 모양인데, 그래도 불쌍한 네 어머니 임종을 지켜볼 자식이 하나라도 있어야 하지 않겠어? 안 그런가? 서툰 짓 하지 말고 얌전히 있으면 자네 뒤는 내가 봐줄 것이야. 알겠나? 내가 알아야 할 소식이 있으면 미리미리 말해 주고. 자넨 딱 그것만 해 주면 돼. 내 말 알아듣지?"

초점 잃은 눈동자로 힘겹게 고개를 끄덕이는 혁진을 이만석은 걸어서 형무소를 나가게 해 주었다. 그리고 그 뒤를 샅샅이 훑고 있는데 좀처럼 걸려드는 것이 아무것도 없었다. 혁진은 잡지사 일도 그만두고, 이따금 어머니 계신 병원만 오갈 뿐 집 밖으로 나오는 일이 없었다. 어차피 큰일을 저지를 그릇은 아니라는 판단이 섰지만, 그렇다고 감시를 게을리할 수는 없었다.

"서혁진, 그놈에게서 한시도 눈을 떼면 안 돼. 한눈팔지 말고 똑바로 감시하란 말이야. 생각이 많은 놈은 어디로 튈지 모른단 말이지. 그 새끼 그거 머릿속에 잡생각이 많아. 이런저런 잡생각이 많은 놈은 뭐가 너무 복잡하거든. 인생 단순하게 살아야 하는데……. 나처럼 말이야, 킥킥. 머리 좋고, 공부 많이 한 것들이 병신같이 이 간단한 세상의 이치를 몰라. 그런데 자네들 그거 알아? 앉은뱅이책상에 앉아 펜대만 굴리던 것들이 또 겁은 뒈지게 많아요. 하하하. 무식해야 겁도 없이 크게 한탕도 노리고, 되지도 않을 꿈도 꾸고, 세상 사는 맛이라도 느껴 볼 텐데. 아무튼 생각도 많고, 머릿속이 복잡한 그놈, 서혁진이 감시 잘해. 그런 놈들이 또 느닷없이 뒤통수치면 아주 골치 아프니까. 다들 명심해! 알겠어?"

"하이!"

이만석의 우려와 달리, 혁진은 숨 막히는 이만석의 감시에서 벗어날 생각이 없었다. 그는 벗어나려 할수록 더 꽁꽁 매어지는 올가미였다. 혁진은 며칠째 꼼짝없이 누워 천정만 바라보고 있었다. 차분한 목소리로 읊조리던 하연의 말이 머릿속에서 떠나질 않았다.

'조선인의 이 양심이, 이 헐떡거리는 조선인의 심장이, 오라버니를 이해하게 합니다.'

혁진은 조용히 자신의 가슴에 손을 올려 보았다. 혁진의 심장도 헐떡거리며 뛰고 있었다. 그 헐떡거리는 심장을 느끼던 혁진은 목 놓아 꺼이꺼이 울었다. 그날, 날이 저물고 어느 집 개가 컹컹거리며 울 때까지. 혁진은 짐승처럼 그렇게 텅 빈 방 안에서 울부짖었다.

청춘앓이

"애! 수희야, 너 어디 가니?"

"아우! 깜짝이야! 백금주, 너 이게 무슨 짓이야? 너 여기서 뭐 하니?"

"뭐 하긴. 너 기다리고 있었지. 근데 수희야, 너 어디 가는 길이야? 응? 같이 가자."

문 옆에서 갑자기 튀어나온 백금주가 친한 척하며 다가와 수희의 팔짱을 꼈다.

"야! 너 왜 이래? 저리 비켜!"

수희가 질색하며 그 팔을 떼어 놓자, 금주는 잠깐 민망한 얼굴을 하더니 금세 활짝 웃는 얼굴로 수희를 뒤따랐다.

"수희야, 초선 언니가 내 얘기 안 하든? 며칠 전에 만났는데, 내가 네 동무라고 말해 뒀거든. 그래서 언니가 꼭 한 번 날 초대해 준다 그랬는데. 수희야, 초선 언니가 내 얘기 안 해? 응? 나 만난 얘기 안 하셨냐고."

"뭐라고? 동무? 도옹무우? 네가 내 동무라고? 하!"

수희는 콧방귀를 뀌었다. 어릴 때부터 같은 동네에 살며 금주에게 받은 수모는 평생 씻을 수 없었다. 금주는 수희를 아비도 없는 천한 종년의 딸이라고 무시하고 따돌렸다. 번지르르 한 제 옷에 실수로 살짝 닿기만 해도 더럽다고 밀치고 때렸다. 제 아비가 사다 주는 주전부리를 가지고 나와 수희를 약 올리고 골탕 먹였다. 그런데 이제 와 동무라니, 수희는 기가 막혔다.

"수희야, 초선 언니한테 내 얘기 좀 잘해 줘. 응? 알겠지? 언니가 초대해 준다고 했단 말이야. 그리고 언니가 내가 선물한 모자 잘 쓰고 다니시니? 너한테 내가 준 선물 보여 줬어? 수희야! 뭐라고 말 좀 해 봐. 정말 여태 언니가 내 얘기 한 번도 안 물어봤어? 응?"

"아우, 그래! 초선 언니는 내게 단 한 번도 네 얘기를 한 적이 없어. 됐니? 그러니 이제 좀 비켜 줄래?"

제까짓 것이 감히 초선 언니와 어울리고 싶어 하는 것이 우스웠다. 수희는 실망한 표정을 숨기지 못하는 금주를 비웃으며 매몰차게 떼어 놓았다.

수희는 곧장 권번의 소리 선생을 찾아갔다. 노래 연습을 하기 위해서였다. 조금 더 연습하고 녹음을 한 후, 일본의 레코드사에 보낼 노래였다. 레코드사와 계약만 무사히 이루어지면, 수희의 노래도 본정의 다방과 길거리에서 쉼 없이 흘러나올 것이었다. 수희는 상상만으로도 벌써 유명한 가수가 된 듯 설렜다.

노래 연습을 마친 후, 수희는 '하나비 구락부'에 들렀다. 오늘부터 저녁에 매일 한두 시간씩 구락부에서 유행가를 부르는 일을 소개받았기 때문이었다. 좋아하는 노래도 부르고, 돈도 벌 수 있으니 수희에게는 일거양득인 셈이었다.

"사공의 뱃노래~ 가물거리면 삼학도 파도 깊이 스며드는데~ 부두의 새악~씨 아롱젖은 옷자락~ 이별의 눈물이냐 목포의 설움."

수희는 매력적인 목소리로 이난영의 〈목포의 눈물〉 노래를 부르며 무대 아래를 살펴보았다. 경성의 모던 걸과 모던 보이는 이곳에 다 모여 있는 듯했다. 술잔을 들고 노래를 따라 부르며 흥겹게 춤을 추는 이들을 보고 있자니, 이곳은 문밖 세상과는 단절된 또 다른 세상인 것만 같았다. 고민 따위는 없는, 그저 쾌락만을 즐기는 청춘들이 있는 세상.

수희가 노래를 부르고 무대에서 내려서는데 느닷없이 백강철이 나타나 곁에 섰다.

"수희 씨, 수희 씨가 노래를 부르니 구락부가 저 멀리서도 환한 빛을 내더이다. 내 그 빛에 이끌려 오랜만에 구락부를 다 찾았소. 하하하."

'미친놈! 매일 밤, 권번의 기생을 불러 명월관에서 술잔치를 벌이거나, 구락부에서 여자 꾀는 일을 한다는 것을 내가 모를 줄 아는 모양이지? 염병할, 더러운 놈.'

수희는 뻔뻔한 얼굴로 헛소리하는 강철과 길게 말을 섞고 싶지 않아, 억지로 웃음 지으며 인사를 하고 돌아섰다.

"수희 씨, 노래 부르느라 고단했을 터인데, 목이라도 좀 축이지 않으시렵니까? 제가 한잔 사겠습니다."

"아니요, 말씀은 고맙습니다만, 오늘은 제가 일이 있어 일찍 들어가 볼 참입니다. 강철 씨, 그럼 더 놀다 가시어요."

"아, 그래요? 그럼 밤길도 어두운데 제가 모셔다드릴까요?"

"아, 아니어요. 구락부 사무실에 들러 잠깐 일도 좀 봐야 하고. 저 신경 쓰지 마시고, 더 놀다 가시어요. 다음에 뵈어요."

수희는 끈적한 눈길을 주며 들러붙는 강철을 겨우 따돌렸다고 생각했는데, 구락부 문밖에 강철이 담배를 피워 물고 수희를 기다리고 있었다.

'으. 뭐야? 저 미친놈. 아주 남매가 매번 아침저녁으로 쌍으로 날뛰네.'

강철을 보고 기겁한 수희는 뒷문으로 나와 조심조심 인적이 드문 골목길을 돌고 돌았다.

'아무래도 백가네 인간들하고는 전생에 제대로 원한을 맺은 모양이야. 으. 징글징글해.'

수희가 몸서리를 치며 돌아선 그 골목의 끝에 두 사내가 있었다. 덩치 큰 사내가 몹시 흥분한 듯 보였다. 그 커다란 그림자에 놀란 수희는 저도 모르게 숨죽였다. 그들의 사연을 엿들으려던 것은 아니었다.

"그런데도! 여전히 나는! 이 방춘복은! 조선의 독립과 민족의 해방을 소원하니까!"

탕!

총성이 터지고 한 남자가 피를 흘리며 고꾸라졌다. 덩치 큰 사내가 죽은 자의 옷깃에서 무언가를 꺼내 들고 유유히 사라졌다. 돌아선 그의 얼굴은 본 수희는 제 입을 틀어막았다.

'추, 춘복 오라버니……'

수희는 밤새 잠을 한숨도 잘 수 없었다. 살인 현장을 목격한 것만으로도 심장이 벌렁거렸지만, 사람을 죽인 자가 다름 아닌 춘복 오라버니라는 사실이 믿기지 않았다. 분명 춘복 오라버니였다. 수희가 그 얼굴을 잊었을 리 없다. 수희가 기억하는 춘복은 살갑지는 않으나, 속 깊은 정이 있는 사람이었다. 어쩌다가 한 번씩 안방마님은 심부름을 오는 춘복에게 삶은 감자나 고구마, 가끔은 귀한 떡을 내주기도 했는데, 춘복은 그것을 고이 품고 대문 밖을 나서서는 헐벗은 어린아이들에게 나눠 주곤 했다. 가끔은 제 몫까지도 고스란히 내주는 춘복이 수희의 눈에 바보같아 보일 때도 있었다.

'조선의 독립? 민족의 해방? 도대체 그것이 무엇이기에. 대감

마님도 또 춘복 오라버니도. 도대체 왜.'

수희는 손끝을 잘근잘근 씹었다. 수희가 미처 알지 못하고, 깨닫지 못하고 있는 또 다른 세상이 궁금하면서도 또 두려워졌다.

날이 밝자 밖이 소란스러워졌다.

"아이고, 어제 그 총소리가 사람 죽인 소리가 맞더라고요. 요옆 골목 끝에서 사람이 죽어 나가고, 경찰이 오고 지금 난리랍니다. 목격자 있으면 당장 제보하라고, 안 그러면 공범으로 몰겠다고 협박하고 가던데. 이만석까지 직접 현장에 나왔더라고요."

"에구머니나! 이만석까지? 뭐 대단한 사람이 죽은 모양이지? 일본 놈인가?"

"아, 아니. 그게 아니라. 아무튼, 목격하고도 신고하지 않으면 공범으로 간주하겠다고."

"거참, 왜들 이리 소란입니까? 총칼에 사람이 죽어 나가는 것이 어디 어제오늘 일입니까? 벌건 대낮에 보는 눈이 많아도 저들은 아랑곳하지 않고 총질을 해 대면서, 목격자가 공범이면, 여기 공범 아닌 사람 어디 있습니까? 사람 죽어 나가는 꼴 한 번도 못 보신 분 여기 계시냐고요? 괜한 협박에 겁먹지 마시고, 하던 일이나 어서들 하세요."

136

초선 언니의 말에 웅성거리던 이들이 제각각 흩어졌다. 수희
는 여전히 손끝을 물고 고개를 내저었다.

'나는 아무것도 보지 않았다. 나는 춘복 오라버니를 모른다.'

수희는 아침밥도 거른 채 넋을 잃은 듯한 표정으로 꼼짝도 안
하고 멍하니 시간을 보내고 있었다. 무슨 생각이든 떠올리고, 또
무엇이든 결정하고 싶었다. 하지만 그럴수록 머릿속은 텅 비워
져만 갔다.

"수희야, 어디 아프니? 아침도 걸렀다면서? 온종일 꼼짝도 안
하고. 왜? 무슨 일 있니?"

초선이 방 안으로 들어서며 물었다.

"아, 아뇨. 아무 일 없어요. 언니는 어디 외출하세요?"

"응. 하시모토가 내 잃어버린 모자를 찾았다는구나. 그래서 모
자를 받으러 가려고."

"아, 정말 잘되었네요. 언니가 아끼던 모자인데. 다행이에요."

초선은 아무런 표정 없이 대거리하는 수희에게 무슨 일이 있
음을 알아챘다.

"수희야, 무슨 일이야? 고민이 있으면, 언니한테 털어놔. 응?"

"아, 아니에요, 그냥……. 언니, 안 바쁘세요?"

"응. 아직 시간이 좀 남았어."

초선이 수희를 눈으로 쓰다듬었다.

수희는 어젯밤, 자신이 본 것을 모두 털어놓고 싶었다. 비밀을 털어놓고 나면 무거운 마음이 좀 덜어질 것 같았다. 하지만, 초선은 지금 총독부의 하시모토를 만나러 가는 길이다. 그런 언니에게 춘복 오라버니의 정체를 어찌 말할 수 있을까. 망설이던 수희는 결국, 춘복과 관련된 모든 것을, 누구에게도 말하지 않기로 다짐했다.

"언니, 언니는 목숨 걸고 지키고 싶은 것이 있습니까? 혹은 목숨과 맞바꾸더라도 가지고 싶은 것이 있어요?"

"응? 음, 목숨을 걸고 지키고 싶고, 또 가지고 싶은 것? 글쎄, 아! 있어! 암, 있고말고."

"그게 뭔데요?"

"불꽃 같은 사랑? 호호호. 난 불꽃 같은 사랑에 목숨을 걸 것이란다. 호호호."

"아, 사랑."

"응, 사랑. 사랑은 눈에 보이지도 손에 잡히지도 않지만, 그 무엇보다 지키고 싶고, 또 갖고 싶은 것이거든. 보이지 않는 것에 전부를 내걸 수 있다는 건 아름다운 것 같아. 안 그러니? 돈도 쌀도 금도 아닌, 보이지도 만질 수도 없는 것에 내 전부를 걸 수 있다는 건 뜨거움이니까. 뜨거운 열망. 청춘에게 그것이 없다면 얼마나 심심할까? 수희 너도 곧 그런 뜨거움을 찾게 될 것이란다. 그것이 사랑이든 뭐든 간에. 자, 그런 고민은 앞으로도 할 일이 아주 많을 테니, 고민 많은 아가씨 오늘은 어서 밥부터 드세요. 밥을 먹어야 힘이 나고, 힘이 나야 또 오늘의 청춘을 살지. 안 그래? 부러운 청춘을 사는 싱그러운 숙녀분, 그러니 어서 털고 일어나 진지 드셔요."

초선이 수희를 향해 코를 찡긋하며 웃었다. 수희도 억지웃음을 지어 보였다. 초선은 수희가 그저 '청춘앓이'를 하고 있다고 생각했다.

사랑을 열망하고, 미래를 고민하는 것은 청춘의 특권이었다. 그 어느 세대보다 치열한. 꼬마 아가씨가 참 많이도 자란 것 같아 기특해하며, 초선은 인력거에 올라탔다.

덫

초선이 외출한 후, 수희도 슬슬 외출할 채비를 하였다. 노래 연습은 가지 못했지만, 하나비 구락부에선 받은 돈이 있으니 어쩔 수 없이 들러야 했기 때문이다. 지끈거리는 머리를 꾹 누르며 대문 밖을 나서는데, 또 백금주가 쪼르르 달려왔다.

"수희야! 안녕? 내가 딱 맞춰서 왔네. 히힛."

수희는 그런 금주를 무시하고 걸음을 옮겼다. 오늘은 금주와 입씨름을 할 기운이 하나도 없었다.

"초선 언니는 안에 계시니? 나 언니 보러 왔는데. 네가 인사 좀 시켜 주면 안 될까?"

"언니 안에 없어. 외출했어."

"그래? 어디? 어디 가셨는데?"

"내가 그런 걸 너한테 일일이 다 말해 줘야 하니? 궁금하면 안에 들어가서 물어봐! 제발 나 좀 그만 귀찮게 하고!"

가뜩이나 머리도 아프고 심란하던 차에 수희는 금주에게 톡 쏘며 짜증을 내뱉었다. 여느 때 같으면 그런 수희를 가만두지 않았을 금주였지만, 금주는 어떻게든 초선의 행방을 알고 싶었다.

"수희야, 그러지 말고 언니 어디로 가셨는지만 알려 줘. 그럼 더는 귀찮게 안 할게. 응? 수희야, 제발, 응?"

눈치도 없이 징글맞게 들러붙는 금주에게 수희가 톡 쏘며 대답했다.

"아우! 진짜, 짜증 나! 청요릿집에 가셨어. 얘, 말해 줬으니 제발 더는 나 따라오지 마!"

"그래? 청요릿집? 본정 책방 옆의 이층집? 그 청요릿집 맞아? 응?"

"그래! 그러니 인제 제발 좀 꺼져 줄래?"

"와. 정말 잘되었다. 역시 언니랑 나랑은 정말 인연인가 봐. 우리 아빠도 오늘 그 청요릿집에 가셨거든. 우연인 척 만나기에 딱 맞지 않니? 같이 가자. 수희야, 너 밥 먹었어? 내가 값비싼 요리를 맘껏 주문해 줄게. 가자, 응? 같이 가자. 수희야, 응?"

"얘가 정말 왜 이래? 너 미쳤니? 내가 왜 너랑 같이 밥을 먹니? 그 밥이 어디 넘어가겠니? 돈 많은 남자나 만나고 다니는 천한 기생년이라고 무시할 때는 언제고. 저리 비켜!"

수희가 금주의 손을 세게 뿌리쳤고, 그러던 중에 금주의 얼굴에 옅은 생채기가 났다. 엉겁결에 일어난 일이라 수희는 당황했지만, 그렇다고 사과하고 싶지는 않았다.

"아우, 정말! 그러게 내가 비키라고 했잖아!"

"……."

한껏 들떠서 쫑알거리던 금주가 입을 다물었다. 금주의 손끝이 떨리고, 눈엔 그렁그렁 눈물이 맺혔다.

"야! 그 정도 생채기 가지고 엄살 부릴 생각하지 마. 안 죽어. 저리 비켜."

"천수희. 넌 내가 정말 그렇게 밉니?"

"허, 참. 너 그걸 몰라서 묻니? 요즘 자꾸만 내 눈앞에 나타나는 것도 정말 싫어! 정말 꼴 보기 싫다고!"

"……."

말 없던 금주의 눈에서 또로록 눈물이 떨어졌다.

"어머머. 얘 좀 봐. 너 지금 뭐 하는 거니? 그깟 생채기로 울기까지 하는 거야? 와, 너 정말 대단하다. 왜 또 너희 아빠 불러서 회초리라도 들게 할 참이니? 맘대로 하셔. 참, 정말 기가 막혀 죽겠네."

"그게 아니라. 흑흑. 미안해, 수희야."

"뭐? 너 지금 뭐라고 했니?"

당장이라도 머리채를 잡아당길 줄 알았던 금주가 눈물까지 흘리며, 예상하지 못했던 사과를 하자 수희는 깜짝 놀랐다.

"흑흑. 미안하다고. 네가 날 이렇게까지 미워하게 만든 거, 다 내 잘못이야. 나도 알아. 흑흑흑."

"어머, 얘 좀 봐. 얘! 백금주, 말 좀 똑바로 하시지. 내가 널 미워한 게 아니라 네가 날 미워한 거 아니었니? 항상 네가 날 못 잡아먹어서 안달이었잖아. 안 그래?"

"맞아. 그런데, 난 네가 너무 부러워서 그랬어. 넌 얼굴도 예쁘고, 어딜 가든 사랑받으니까. 너무 부러웠어. 대감마님 댁에서도 너만 예뻐하고, 하연 아씨도 너랑만 놀아 주고. 나도 배가 아팠단 말이야. 흑흑. 그래서 그랬어. 흑흑흑."

"얘! 어머, 어머. 야! 백금주! 정말 너 왜 이러니? 너 또 무슨 수

작을 부리려고 이러니? 도대체 왜 울어? 사람들이 다 쳐다보잖아. 그만해! 나 지금 완전 당황스럽거든! 너 정말 왜 이러니? 별꼴이야, 정말."

"알아. 내가 잘못했어. 수희야, 정말 미안해. 그런데 너는 모르겠지만, 우리 아빠도 매일 '삼월이만큼만 생겼어도 시집 보낼 걱정은 안 할 텐데…….' 하신 거, 너는 모르지? 너랑 비교당할 때마다 나도 네가 너무 미웠어. 다들 너만 예뻐하고. 그래서, 그래서 그랬단 말이야. 엉엉엉."

높은 하이힐을 신고, 예쁜 클로쉐까지 쓴 금주는 수희보다 한 뼘은 더 크게 보였다. 그런 금주가 길거리에서 엉엉 우는 꼴이라니. 수희는 어안이 벙벙하여 입을 다물지 못한 채 한동안 그런 금주를 올려다보았다.

"휴. 애, 백금주. 알았으니까 인제 그만 울어. 지금 울고 싶은 건 나거든! 도대체 이게 뭐 하는 짓이니? 길거리에서 창피하게. 야! 백금주, 제발 그만 울라고! 쪼옴! 휴. 가자, 가. 알았어, 알았어. 그 청요릿집 같이 가 준다고. 어서 그만 울고 가자고! 가!"

"정말? 정말 같이 가 줄 거야?"

"으유, 그래!"

144

그제야 금주가 눈물을 닦고 배시시 웃었다. 수희는 그런 금주를 보고 혀를 내둘렀다.

"근데 수희야, 나 궁금한 게 있는데 말이야. 초선 언니는 정말 그 잡지에서 들고 사진 찍은 그 구루무를 쓰니? 미안수도 지난 번 그 신문에 나온 그걸 쓰는 것이 맞고? 나도 똑같은 걸 쓰는데, 나는 왜 이 모양이지? 근데, 언니는 말이야, 잡지나 신문에 나오는 것보다 실제 모습이 훨씬 더 예쁘더라. 막 빛이 나더라고."

눈물 콧물을 쏟아내며 엉엉 울던 금주는 언제 그랬냐는 듯 활짝 웃으며 수희의 곁에 바짝 따라붙었다. 수희는 모든 것을 포기한 듯 금주의 끊임없는 쫑알거림을 대충 건성으로 받아 주며 청요릿집으로 향했다.

그들은 함께 전차를 타고 몇 정거장 후 내려, 복잡한 사람들 틈을 지나 청요릿집 건물에 들어섰다. 어느새 금주가 수희보다 앞서 걷고 있었다.

"수희야, 빨리 와. 걸음이 왜 이리 느리니? 아, 너무너무 설렌다. 수희야, 언니 아직 여기 계시겠지? 아우, 수희야, 나 너무 떨려. 초선 언니랑 마주 앉을 생각을 하니까 말이야. 이게 꿈이니 생시니? 정말 어쩜 좋아. 아, 너무너무 떨려."

금주가 두 손을 가슴에 모으며 몸을 흔들었다.

"야! 오두방정 좀 그만 떨어. 창피해 죽겠다."

"얘, 얼른 와. 나 먼저 못 가겠어. 지금 너무 떨려서. 얼른! 같이 가자."

수희보다 한두 계단 앞서 올라가던 금주가 되돌아 내려오며 수희에게 손을 내밀었다. 수희가 금주의 호들갑에 마지못한 듯 그 손을 맞잡았다.

그 순간,

탕!

탕!

탕!

세 발의 총성이 울려 퍼졌다.

"꺅! 꺄아악!"

"엄마야!"

느닷없는 총성에 본정 거리가 아수라장이 되었다.

본정 거리에 세 발의 총성이 울려 퍼지기 전, 초선은 하시모토와 나란히 앉아 있었다. 이만석과 백 사장은 기름진 얼굴로 미소

지은 채 그들과 마주 앉아 있었다. 청요리가 한 상 차려지고 곧 술이 내어졌다. 초선이 술병을 들어 하시모토의 잔을 채웠다. 이만석과 백 사장이 잇따라 술잔을 따라 들었지만, 초선은 술을 따르지 않은 채 술병을 가만 내려 두었다.

"오늘은 제가 이 자리에 권번 기생으로 불려온 것이 아니라……."

'하! 요년 봐라. 그래서 우리한테는 술을 따르지 못하겠다? 괘씸한 년. 네 아무리 초선이라 할지라도 죽으면 썩어질 몸뚱어리일 뿐이다. 그래, 오늘은 그 높은 콧대로 마지막 만찬을 어디 한번 실컷 즐겨 보아라. 오늘 내가 네 명줄을 끊어 놓을 것이니. 내 네년이 죽기 전에 한 번 품어 보지는 못해도 술 한잔은 받아 볼 줄 알았건만. 하! 여우 같은 년. 쩝.'

백 사장은 기생년 주제에 하시모토를 등에 업고, 감히 기 싸움을 거는 초선이 괘씸했다.

"하하하! 오늘은 내가 한 잔씩 따라 드리겠소. 자, 받으시오."

하시모토가 술병을 들자, 이만석과 백 사장이 머리를 조아리며 두 손으로 잔을 받들었다. 초선은 그 모습을 내려다보다 하시모토와 눈이 마주치자 싱그러운 눈웃음을 건넸다

'암, 이 하시모토의 여인인 초선이 저까짓 조선 놈들에게 함부로 술을 따를 수야 있나.'

하시모토는 자신에게만 폭 빠진 듯한 초선의 허리를 감싸 안았다. 초선은 그저 가만히 안겨 하시모토가 두어 잔의 술에 조금씩 달아오르는 것을 지켜보았다. 적당히 음식을 먹고 술도 몇 잔 더 들어간 후, 초선이 더는 못 기다리겠다는 듯 하시모토를 향해 응석을 부리며 말을 꺼냈다.

"그런데, 찾으셨다는 제 물건은 언제 보여 주실 참입니까? 이 초선이 애가 타는 것이 안 보이십니까?"

"아, 맞네. 내 그만 깜빡했네. 하하하. 자, 백 사장. 인제 그만 뜸을 들이고 물건을 내놓아 보시게. 우리 초선이 애 그만 태우시고."

하시모토의 말에 백 사장이 옆에 두었던 보자기를 탁자 위에 올린 후, 느릿느릿 매듭을 풀었다. 그리고는 초선의 모자를 조심스럽게 꺼내 올려놓았다.

"어머나!"

초선이 그 모자를 빼앗듯 가져가 품으며 함박웃음을 지었다.

"도대체 이 물건이 어디에 있었답니까? 두 분, 정말 대단들 하십니다. 모래밭에 떨군 바늘도 찾아다 주실 분들이군요. 정말 감사합니다. 하시모토, 이 두 분께 넉넉히, 아주 넉넉히 사례해 드려야겠어요."

"암, 그래야지. 몸져누운 우리 초선이를 일으켜 주신 분들 아닌가. 하하하. 정말 고맙소. 내 약속대로 사례는……."

"아이고. 사례는 무슨……. 당치 않습니다."

만석이 두 손을 내저으며 말했다.

"다 저희가 좋아서 한 일입니다. 근심을 덜어 드릴 수 있어서 영광이었습니다. 모래밭에서 바늘을 찾아오라 명하시면, 그 또한 차질 없이 해낼 것입니다. 자신합니다. 백 사장, 안 그런가?"

"아, 그럼요, 그럼요."

"하하하. 이리 고마울 때가. 내 정말, 이 은혜는 잊지 않으리다. 자, 어서 한 잔씩 더 들게나. 하하하."

초선은 총독부 고위 관료 하시모토에게 간이고 쓸개고 다 빼줄 것처럼 구는 두 능구렁이의 얼굴에 침이라도 뱉고 싶었지만, 그저 조용히 미소를 지었다.

'자, 어디 간이고 쓸개고 내어 보아라. 너희들이 어디까지 내줄 수 있는지 내가 지켜볼 것이니.'

"잠깐만요, 그런데……."

초선이 그들의 이야기를 끊고는 가만가만 모자의 빨간 보석을 매만졌다.

"백 사장님, 이 모자를 직접 찾으신 겁니까?"

초선이 빨간 보석을 매만지던 손길을 거두고 백 사장을 차갑게 쳐다보며 물었다.

"그렇소. 내가 사람을 시켜 찾은 것입니다만……."

"왜? 모자에 무슨 문제가 있소?"

고개를 갸우뚱하던 초선이 조용히 일어서서 창가의 작은 수반에서 조약돌을 하나 집어 들었다. 그리고는 힘껏 빨간 보석을 내리쳤다.

빨간 보석이 힘없이 부스러졌다.

"하! 이, 이 무슨!"

모두가 놀라 초선을 바라보았다.

"이것은 가짜입니다. 홍옥, 그러니까 루비는 이리 깨어지는 보석이 아닙니다. 이리 깨어지는 보석을 누가 불꽃 같은 사랑이라 부르겠습니까? 가짜예요. 하시모토, 백 사장이 가짜를 내놓았습니다. 어디 있습니까? 백 사장님, 아무리 보석이 탐이 났어도.

자, 장난 그만하시고, 어서 내주시지요. 제겐, 아니 우리에겐 아주 큰 의미가 있는 보석입니다. 그 보석은 하시모토와 제게 아주 소중한 증표라고요. 하시모토가 넉넉하게 사례한다고 하지 않았습니까? 예? 하시모토, 그렇지요?"

초선의 눈에 눈물이 가득 고이자, 하시모토도 당황한 나머지 어찌할 바를 모르고 있었다.

"이보게, 백 사장. 가짜라니……. 이게 어찌 된 일인가? 어서 말 좀 해 보게. 이것 참."

이만석이 난감하다는 듯 백 사장을 다그쳤다.

"가짜라니요? 그럴 리가 없습니다. 이것 참. 모, 모를 일입니다. 저는 그자가 찾아온 모자를 고스란히 가져왔을 뿐입니다. 이, 이것이 무슨 일인지……."

"그렇다면, 그자는 어디에 있소? 자네에게 모자를 가지고 온 사람 말이오. 당장 그자를……."

"김 씨는 주, 죽었습니다."

"뭐라?"

"하……."

백 사장은 일이 어디서부터 꼬인 것인지 차차히 생각하고 또 생각했다.

'김 씨가 가져온 이 보석이 가짜라면, 그럼 김 씨의 짓일까? 어제 김 씨는 총에 맞아 객사했다. 김 씨가 내 끄나풀이라는 것을 알게 된 저들의 조직원의 짓일까? 그게 누구일까? 그런데 왜 나를……. 아, 이 일을 어쩐다. 하! 내가 덫에 걸렸다. 함정에 빠졌어!'

"백 사장님, 그러지 말고 어서 돌려주시어요. 보석을 빼돌리는 것은 절도, 절도입니다. 하시모토! 하시모토!"

초선이 어지러운 듯 이마를 짚으며 하시모토의 팔을 잡았다. 하시모토가 얼른 그녀를 부축했다.

"밖에 아무도 없는가? 당장 저 사람을 절도죄로 체포한다. 당장! 그리고 어서 차 대기시켜! 어서!"

"하이!"

문밖에 서 있던 하시모토의 순사들이 들어와 이만석과 백 사장을 끌고 나갔다. 초선도 하시모토의 부축을 받고 조심스럽게 걸음을 옮겼다.

"초선, 걱정하지 마시오. 내 반드시 그 보석을 찾을 것이니."

하시모토의 가슴에 기댄 채 계단을 내려서며 초선이 힘겹게 고개를 끄덕였다.

그때였다.

탕!

탕!

탕!

세 발의 총성이 울렸다.

하시모토는 재빨리 허리춤의 총을 꺼내 들었다.

피로 물든 원피스

어느덧 한여름의 더위가 조금씩 물러나고 있었다. 유난히도 길고 긴 여름이었다. 막 집을 나서려는 하연을 숙부 민 참의가 불러 세웠다.

"하연아, 잠시 들어와 앉거라."

병원에 환자가 많이 몰릴 시간이라 지체할 틈이 없었지만, 하연은 어쩔 도리 없이 사랑채로 들었다.

"하연아, 병원에 가는 길이더냐?"

"예."

"하연아, 내 누차 이야기하지 않았더냐. 의학을 배우고 싶거든……."

"저는 지금 이곳이 좋습니다. 숙부님."

하연은 숙부의 말을 끊고 대답했다. 의학을 고집하는 하연에게 숙부는 유학을 권했다. 굳이 고달픈 의학을 배우겠다면, 이왕이면 넓은 세상에 나가 제대로 가르치고 싶은 숙부의 마음이었다. 하지만 하연은 잠시라도 조선을 떠날 마음이 없었다. 아버지를 만나야 하니까. 언제고 우진 오라버니가 다시 돌아올 곳도 이곳이니까.

"네가 여기서 이리 고생하며 천한 것들 피고름이나 닦아 내고 있는 것을, 나더러 언제까지 지켜보라는 것이냐? 남들이 뭐라고 수군거리는 줄 아느냐? 어디 남들의 수군거림뿐이더냐. 내가 죽어서 네 어머니를 어찌 뵌단 말이냐. 너는 도대체 하아……. 거참."

민 참의는 하연의 앙다문 입을 바라보고는 더는 말을 잇지 못했다. 그 앙다문 입에서 형수의 고집이 고스란히 보였다. 부러질지언정 휘어지지는 않겠다던, 그래서 끝끝내 자신의 도움을 뿌리치고 작은 암자에서 담담히 죽음을 맞이하던 형수였다.

"길게 말하지 않겠다. 더는 고집 부리지 말아라. 본토에 가 의학을 배울 수 있도록 내 조치해 놓을 터이니, 그리 알고 있거라."

"숙부님, 제 앞길은 제가 찾겠습니다. 그간 거두어 주신 것만으로도 충분합니다. 은혜 잊지 않겠습니다. 숙부님, 안 그래도 조만간 말씀드리려던 참입니다. 더는 폐를 끼치기가 민망합니다. 여고보*를 졸업하면 짐을 챙겨 나가겠습니다."

"하연아, 지금 무슨 말을 하는 게냐? 지금 유학이 가기 싫어, 이 집을 나가겠다는 것이냐? 네가 지금 나를 협박하는 게야?"

"아닙니다. 오래전부터 생각해 온 일입니다. 제가 언제까지 숙부님께 신세를 질 수 있겠습니까? 여태 키워 주시고 살펴 주시었으니, 여고보를 졸업하면 저도 스스로 앞길을 찾아야지요. 돌아가신 어머님도 그리하라 하셨습니다."

"허어, 참. 그래서 시집도 안 간 처녀가 혼자 따로 나가 살겠다는 말이냐? 그래, 내 집에서 나가려거든 그럼 시집부터 가거라. 점잖은 총각을 소개해 준다고 해도 마다하고, 본토에 나가 공부하라는 것도 마다하고. 하연아, 도대체 왜 이리 내 속을 썩이는 게냐? 네가 이 집을 나가면, 세상 사람들이 뭐라고 하겠느냐? 시집도 안 간 조카딸을 거두지 않는 인정머리 없는 사람으로……."

"숙부님, 숙부님께서 저를 거두어 주신 세월이 아버님이 저와

여고보 여자 고등 보통학교

함께해 주신 세월보다 더 길다는 것을 아십니까? 세상 사람들이 뭐라 하든 숙부님은 제게 아버지나 다름없는 분이십니다. 걱정하지 마십시오. 병원에 들어가 수녀님들과 함께 지내겠습니다. 용돈벌이도 되니 크게 걱정하지 않으셔도 됩니다. 이 세상 혼자 살아가는 법을 배우고 싶을 뿐입니다. 지내다가 힘들면 다시 숙부님을 찾을 것입니다. 그러니 부디 허락해 주시어요."

"하아. 저 고집을……. 너는 어찌 그리도 네 어머니를……."

"숙부님, 환자들이 많을 시간이라, 저는 인제 그만 나가 보겠습니다."

"휴. 그래, 우선 다녀와 차차 다시 이야기하자꾸나."

하연은 숙부의 사랑을 모르지 않았다. 부모를 잃은 어린 하연에게 숙부의 그늘은 넉넉한 은신처였다. 숙부는 마치 친딸처럼 하연을 아꼈고, 자신이 가진 모든 것을 하연과 나누려 했다. 하연은 숙부의 품 안에서 어려움 없이, 부족함 없이 어린 시절을 보낼 수 있었다. 하지만, 자라면서 세상을 살필 수 있게 된 하연은 숙부가 가진 부와 권력이 부끄러웠다. 그리고 그 부와 권력을 자신이 나눠 가지고 있다는 것이 무척 괴로웠다.

'아버지는 조선의 독립을 위해 싸우다 행방불명이 되었는데,

나는 친일하는 숙부의 부와 권력을 나눠 가지고 있다.'

하연은 늘 괴로웠고, 아픈 환자들의 상처를 돌보고 그들의 피고름을 닦아 낼 때야 비로소 속죄하는 기분이 들었다. 하연이 의학을 고집하는 것은 그렇게라도 자신에게 용서를 구하고 싶었기 때문이었다.

숙부가 하연의 혼처를 알아보고 있다는 이야기를 들었을 때, 하연은 숙부의 곁을 떠나기로 마음먹었다. 더는 미룰 수 없는 일이었고, 다행스럽게도 병원의 수녀님들은 선뜻 하연에게 손을 내밀어 주셨다. 곧 짐을 챙겨야겠다 다짐하며 하연은 서둘러 병원으로 향했다.

하연은 병원에서 주로 허드렛일을 거들고 있었다. 아직 여고보를 졸업하지 않아 정식 의학을 배울 수 없었기 때문에 의사 선생님의 처방이 끝난 환자의 상처를 소독하거나, 간단히 주사기로 피고름을 빼내는 일들을 맡았다. 어쩌다 찢겨진 상처를 꿰매거나, 그 실밥을 푸는 일을 맡기도 했다.

병원에 도착하니 얼마 전 사내아이를 낳은 어린 아낙네가 하연을 기다리고 있었다. 하연은 자신보다 두어 살쯤 더 많아 보이는 그녀의 상처를 꼼꼼히 살펴 주었다.

"팔팔 끓여 식힌 물에 자주 들어가 앉아 계셔야 합니다. 많이 좋아지셨어요. 그래도 이 더위에 또 덧나지 않게 조심하셔야 해요. 짓무름도 조심하시고요. 아셨지요?"

어린 아낙네는 부끄러운지 눈도 마주치지 못하고 고개를 끄덕였고, 하연은 가만히 그 손을 잡으며 당부했다.

"그리고 아직은 너무 무리해서 일하시면 안 돼요. 아시죠?"

환자와 이야기를 나누는 중에 급작스럽게 문밖이 소란스러웠다.

"선생님! 의사 선생님! 빨리요! 빨리!"

"아씨! 하연 아씨, 안 계세요? 아씨! 아가씨!"

자신을 찾는 소리에 놀라 급하게 문을 열고 내다 본 하연은 제 입을 틀어막고 그 자리에 주저앉았다. 붉은 피로 물든 원피스, 정신을 잃고 누군가에 등에 업혀 병원에 들어선 사람은 다름 아닌, 수희였다. 수희는 의식 없이 축 늘어져 있었고, 급하게 수술실로 옮겨졌다.

"수, 수희야……."

하연은 울지 않았다. 눈물을 흘리면 수술 중인 수희에게 정말로 무슨 일이 생길 것만 같았다. 피가 맺힐 정도로 손끝을 잘근

잘근 씹고, 입술이 다 터지도록 깨물면서도 하연은 끝끝내 눈물을 삼켰다. 하연이 피 맺힌 손을 다시 입으로 가져갈 때, 곁에 있던 혁진이 그 손을 붙들었다.

"별일 없을 것입니다. 너무 걱정하지 마세요."

"예⋯⋯. 별일 없을 것입니다. 수희가 왜요, 수희는⋯⋯. 아무 잘못 없는 아이입니다. 누구보다 낭랑한 아이입니다. 아시지요? 노래를 부른다 했습니다. 곧 음반을 낼 거라고 했지요. 목소리도 좋고 노래도 잘 부르니, 곧 음반이 나올 것입니다. 내로라하는 가수들보다 우리 수희가 노래를 훨씬 잘한답니다. 못 들어 보셨지요? 수희가 깨어나면, 제가 한 소절 불러 보라 이르겠습니다. 제가 청하면 불러 줄 것이어요. 수희는 제가 청하는 것은 다 들어주거든요. 어릴 때부터 수희는 다부진 척했지만, 마음이 약해서 동생이면서도 매번 저한테 양보만 했어요. 걱정 안 합니다. 네, 걱정 안 해요. 제가 이렇게 살아 달라 청하는데⋯⋯. 우리 수희가 잘못될 리가 없습니다. 도련님, 괜찮습니다. 괜찮아요."

하연은 제 입으로 뱉어 내는 말과는 달리, 그 여린 두 손과 어깨가 떨리고 있었다. 겁내고 있는 하연을 바라보며, 혁진은 제발 하연에게서 수희만큼은 데려가지 말아 달라고 신께 부탁했다.

백 사장의 사주를 받은 강 포수는 청요릿집을 주시하고 있었다.

백 사장으로부터 두둑한 현금 뭉치를 받았고, 일만 잘 처리하면 나머지 금액은 두 배를 더 준다고 하였다. 어린 딸을 쌀 반 가마니 값에 늙은 영감의 재취 자리에 팔아넘긴 강 포수는 백 사장으로부터 받은 돈을 헤아려 보고는 벌어지는 입을 다물 수 없었다.

'거참, 초선이란 년이 대단키는 하구나. 그래 봤자 기생년 몸값인데, 호랑이 값의 몇 곱절이나 쳐 주다니······.'

이제는 찾기도 힘든 호랑이를 목숨 걸고 잡아다 바치는 것보다 훨씬 나은 장사였다. '산 다람쥐'라 불리는 강 포수였지만, 그도 이제 나이가 있었다. 호랑이 길목을 찾아 이슬을 맞으며 쪽잠을 자는 것도 힘들었고, 무엇보다 호랑이 사냥은 단 한 번의 실수로 목숨을 내줘야 하는 위험한 일이었다.

'그래, 이번 일만 잘 마무리하면 나도 이 지긋지긋한 생활에서 벗어날 수 있을 것이다.'

강 포수는 만약을 대비하여 백 사장에게 받은 돈을 잘 숨겨 두었다. 이번 일을 끝내고 나면 오래전에 보아 둔 항구 마을로 갈 생각이었다. 배가 드나드는 그곳에 작은 국숫집이나 하나 차릴 요량이었다. 아내는 병으로 잃었고 하나뿐이던 딸아이는 굶겨 죽이는 것보다는 나을 듯하여 늙은 영감의 재취 자리로 시집을 보내었다. 평생을 떠돌이로 살아온 강 포수는 여생은 조용히 바다나 바라보며 정해진 곳에 몸을 뉘고 살고 싶었다.

'하! 내 소원을 천하 미색 초선이 이뤄 줄 것이라는 걸 어찌 알았을꼬. 내 천하 미색을 품어 보지는 못했지만, 그 덕에 소원 풀이를 하게 생겼으니 기둥서방보다 내 팔자가 더 낫구먼. 껄껄.'

백 사장이 미리 일러둔 시간, 초선이 제복을 입은 하시모토의 손을 잡고 차에서 내렸다. 꽃 모양의 커다란 리본이 달린 연분홍 모자엔 얼굴을 반쯤 가리는 망사가 걸쳐져 있어, 초선의 얼굴을 자세히 볼 수는 없었다. 핏기 없는 하얀 피부와 가녀린 목선, 연분홍 원피스를 입은 잘록한 허리. 강 포수는 초선을 꼼꼼히 살폈다. 이제 초선이 마지막 만찬을 즐기고 내려올 때를 기다리면 되었다.

강 포수는 주변을 다시금 샅샅이 살폈다. 백 사장 말대로 경성의 한복판이다 보니 어디든 사람들 눈이 많아 퇴로가 만만치 않았다.

"초선이, 고년만 깔끔하게 처리해. 행여나 생기는 뒷일은 내 틀림없이 봐줄 터이니."

백 사장은 경찰서장 이만석과도 이야기가 다 끝났다고 했다. 행여 붙잡히더라도 별 탈 없게 처리해 줄 수 있으니, 초선만 깔끔하게 처리하면 된다고 했다.

'흥, 내 백 사장 네놈의 말을 어찌 믿겠는가. 하시모토의 애인인 초선을 죽이고 붙잡히면, 그깟 경찰서장이 어찌 내 뒤를 봐줄 수 있겠는가. 총독이라면 또 모를 일이지만. 제 혼을 빼앗아 간 초선이를 죽인 자를 하시모토가 살려 둘 리가 없지 않은가. 무조건, 무조건 붙잡히지 않아야 한다. 그래야 백 사장이 약속한 잔금도 받아 낼 수 있다. 내가 잡혀 들어간 뒤에 이만석이 내 입을 틀어막으면, 남은 돈은커녕 나는 죽은 목숨이 될 것이다. 내가 살아야 백 사장을 협박해서라도 남은 돈을 받아 낼 수 있다.'

강 포수는 꼼꼼히 퇴로를 살폈다. 극장 뒤를 돌아 시장통으로 빠져나가면 될 것 같았다. 시장통은 사람들이 많아 섞이기가 쉬웠다. 강 포수가 시장통까지 돌아나가는 길을 살피고 다시 청요릿집으로 눈을 돌렸을 때, 하시모토의 차가 청요릿집 앞에 대기하고 있었다.

'어라? 생각보다 일이 일찍 끝난 모양이네.'

강 포수는 청요릿집을 향해 총구를 겨누기 위해 자세를 취했다.

'자, 어서 신호를 주시게.'

계획했던 대로 백 사장이 먼저 요릿집을 나서면서 신호를 주면, 그 이후에 초선을 처리하면 된다. 강 포수는 마른침을 삼켰다.

'이런, 초선이다!'

아직 백 사장의 신호를 받지 못했는데, 초선이 먼저 청요릿집 계단으로 내려서는 것이 아닌가. 당황한 강 포수가 서둘러 초선을 향해 방아쇠를 당겼다.

탕!

총알 한 발이 빗나갔다. 강 포수는 침착하게 다시 한번 방아쇠를 당겼다.

탕!

강 포수가 그녀의 심장을 정확히 뚫었음을 확인했을 때, 어디선가 또 한 발의 총성이 들렸다. 그 총알은 다름 아닌 강 포수를 향했다.

탕!

강 포수는 자신을 향해 총알이 날아든 곳을 노려보고는 급히 모자를 눌러쓰고 자리를 피했다.

"꺄아악!"

"엄마야!"

"에구머니나!"

순식간에 청요릿집 앞은 아수라장이 되었고, 허둥대는 사람들 틈에 섞여 강 포수는 미리 살펴 둔 시장통으로 급히 몸을 숨겼다. 그때까지도 강 포수는 자신이 초선의 심장에 정확히 총알을 날린 것이라 믿고 있었다.

업보

"쯧쯧쯧. 그 얘기 들었소? 오늘 청요릿집 앞에서 총질이 있었다더니만, 세상에 그 난리 통에 백 사장 여식이 죽었다더라고."

"암만, 들었지. 그 악독한 영감탱이 눈앞에서 총을 맞았다면서?"

"흥, 돈이라면 사족을 못 쓰고, 그리 인정머리 없이 굴더니만. 제 딸아이가 눈앞에서 총 맞아 죽는 것을 보고는 어떤 꼴이었으려나."

"쯧쯧쯧. 제 애비 대신 죽은 꼴이지. 그 딸아이가."

"다 인과응보 아니겠소. 독한 영감탱이. 일본 놈들 아가리에 우리 독립군들 정보를 다 빼다 바치고, 덕분에 죽어 나간 이가 어디 한둘이오? 하늘이 잡아가도 진즉 잡아갈 놈은 그 영감탱이인데, 자식이 먼저 갔구먼. 쯧쯧."

"내 그놈이 언제고 이리 천벌을 받을 줄 알았다니까."

강 포수의 첫 번째 총알은 수희의 어깨에 박혔고, 두 번째 총알은 정확히 금주의 심장을 뚫었다.

초선의 덫에 걸려 절도죄를 뒤집어쓰고 청요릿집의 계단을 내려오며 백 사장은 이 위기를 어떻게 빠져나갈 것인지 빠르게 머리를 굴리고 있었다. 자신의 결백을 밝히기엔 모자를 건넨 김 씨가 이미 죽고 난 후였다. 하지만 초선이 사라지고 나면, 그 어떤 증거도 무용지물이 될 것이다. 모자인지 보석인지도 주인 없는 물건이 될 것이었고, 초선을 잃고 정신 못 차릴 하시모토는 어떻게든 돈으로 구워삶으면 될 것이었다. 일이 꼬여 짜증이 났지만, 어떻게든 벗어날 구멍은 생길 것이었다.

'그래, 일단 초선이 저년만 사라지고 나면…….'

백 사장의 양팔은 일본 순사들에게 붙들려 있었지만, 건너편 건물 위에 자리를 지키고 있을 강 포수에게 어떻게든 신호를 보낼 요량이었다. 미련한 자가 아니니 눈치채고 신속하고 정확하게 초선을 처리할 터였다.

'흥, 초선이 네 이년! 감히 그깟 모자 하나로 나에게 이 수모를 주는 것이냐. 어리석은 년, 이제 몇 걸음 후면 하시모토를 홀린 네년의 그 반반한 얼굴도 끝이구나. 두고 보아라, 이제 이 백가가 경성을 모조리 백가의 세상으로 만들 것이야.'

탕!

총소리였다.

탕!

탕!

"허억!"

예상치 못한 총소리에 백 사장은 자신의 몸을 둥그렇게 말아 감싸고 그 자리에 주저앉았다. 순사들과 하시모토가 잽싸게 총을 빼 들었다.

'이, 이 무슨 일인가. 어찌…… 누군가 우리의 계획을 눈치챘는가? 그럴 리가……. 강 포수가 변을 당한 것인가? 이런, 젠장! 다 틀어진 모양이야. 모든 것이. 이를 어쩐담.'

백 사장은 상황을 살피기 위해 몸을 낮추고, 후들거리는 다리로 기어서 계단을 내려섰다.

"아! 아니! 이, 이런! 그, 금주야! 금주야! 아가! 금주야!"

계단에는 두 처녀가 피를 흘린 채 쓰러져 있었다. 이미 숨이 끊긴 듯 허공을 바라보고 있는 제 딸아이, 금주를 백 사장이 잡고 흔들었다. 금주의 고개가 힘없이 무너져 내렸다.

"이게 무슨 일이야! 금주야! 흐어어억! 우리 금주, 우리 금주가 왜!"

금주는 얼굴을 반쯤 가리는 망사가 달린 연분홍 모자를 쓰고 있었고, 그 모자엔 꽃 모양의 커다란 리본이 달려 있었다. 초선의 것과 똑같은. 얼마 전 금주가 백화점에서 초선과 나누어 쓰겠다며 골라 들었던, 바로 그 모자였다.

순사들의 엄호를 받으며 뒤따라 계단을 내려오던 초선은 눈앞의 상황에 두 손으로 자신의 입을 틀어막았다.

"비켜요! 어서!"

급히 뛰어 들어온 춘복이 수희의 상태를 확인하고는 수희를 업고 내달렸다.

"아……."

"일단, 여기서 나갑시다."

하시모토는 충격으로 떨고 있는 초선의 어깨를 감싸 안고 서둘러 자동차에 올라탔다.

　지난밤, 초선은 은밀히 춘복과 만났다.

　"모아진 자금이 상해에 무사히 닿을 때까지는 조심하는 것이 좋습니다. 하여, 춘복 동지도 당분간은 더욱 조심하셔야 할 것입니다."

　"그럼, 백 사장은 어찌하나요? 그 늙은 여우는 제가 처리하겠습니다."

　"아니요. 당분간은 저들의 눈에 띄지 않는 것이 좋습니다."

　"제가 쥐도 새도 모르게 처리할 수 있습니다. 백 사장을 살려 두어서는 안 됩니다. 반드시 백 사장은 처단해야 합니다."

　"예. 물론이지요. 그 죗값은 치러야지요. 반드시."

　초선은 백 사장의 죗값을 가장 깔끔하게 받아 내기 위해 하시모토를 이용할 생각이었다. 겁도 없이 하시모토의 '붉은 사랑'을 훔친 절도죄로 백 사장을 엮어 넣은 다음, 경찰들이 그의 전당포를 수색하게만 하면 되는 것이었다. 초선은 백 사장의 전당포에 그간 백 사장이 저지른 모든 악행의 증거물을 남겨 둘 생각이었다. 살인, 세금 탈루, 도박, 그리고 몇 해 전 총독부 간부의 암

살 계획의 증거물까지. 돈이라면 뭐든지 했던 백 사장이기에 증거는 차고 넘쳤다. 그것이면 충분했다. 백 사장은 살아서는 바깥 공기를 마시지 못하리라.

춘복은 초선의 계획대로 백 사장이 청요릿집에 있을 그 시각, 백 사장의 전당포에 은밀히 잠입하여 그간 초선이 모아 두었던 모든 증거물을 남겨 두었다. 마음 같아서는 백 사장을 눈앞에서 찢어 죽이고 싶었지만, 초선의 말대로 가능한 신분을 숨기고 안전하게 자금을 상해에 보내는 일에 주력하는 것이 옳았다.

춘복은 초선의 지시대로 전당포를 잘 꾸며 둔 후, 혹시 모를 상황을 대비하기 위해 청요릿집으로 급하게 걸음을 옮겼다.

춘복은 하시모토의 자동차가 청요릿집 앞에 대기하는 것을 거리의 사람들 틈에 섞여 주시하고 있었다.

탕!

탕!

느닷없이 총알이 청요릿집을 향했다.

탕!

춘복은 총성을 내뱉은 곳을 향해 본능적으로 품 안에서 총을 꺼내 방아쇠를 당겼다. 건너편의 건물에서 사람의 그림자가 사라지는 것을 지켜본 후, 춘복은 청요릿집으로 급하게 뛰어 들어갔다.

계단 아래에 두 어린 처녀가 피투성인 채 쓰러져 있었다. 백가의 여식은 이미 숨이 끊겨 있었고, 수희가 어깨에서 붉은 피를 쏟아내며 가쁘게 숨을 몰아쉬고 있었다. 춘복은 망설임 없이 자신의 옷자락을 찢어 수희의 어깨에 단단히 동여매고는 수희를 둘러업었다.

"수희야, 네가 왜 여기……. 수희야, 조금만 참아."

"추, 춘복 오라버니……."

"그, 그래. 수희야, 괜찮아. 별일 없을 거야. 아무렴, 별일 없어."

춘복은 의식을 잃어 가는 수희를 업은 채 젖 먹던 힘을 다해 달렸다. 뜀박질 때문인지, 수희를 잃을지도 모른다는 두려움 때문인지 춘복의 심장이 미친 듯이 뛰었다. 수희는 춘복의 등에서 서서히 의식을 잃어 갔다.

악

강 포수는 자신이 초선이 아닌 백 사장의 여식을 쏴 죽였다는 사실을 뒤늦게 알아차렸다.

강 포수는 벌건 대낮의 총성으로 한바탕 난리가 났던 시장통이 잠잠해질 때까지 조용히 숨죽인 채 숨어 있었다. 헌병대가 시장통을 모조리 훑고 나서야 강 포수는 태연히 나타나 국밥집에 들어가 국밥 한 그릇을 시켰다. 뜨끈한 국물이 목구멍을 적시자 그제야 긴장감이 스르르 풀어졌다. 그는 깍두기를 우걱우걱 씹어 대며 백 사장에게 받아 낼 남은 잔금을 속으로 헤아렸다. 목돈을 챙겨 한적한 항구 마을에 정착해 굶주림 걱정 없이 살 생각을 하니 저도 모르게 히죽히죽 웃음이 새여 나왔다. 조금 전 사람을 쏴 죽였다는 것이 믿기지 않을 정도로, 아주 잔인하게도.

그때, 맞은편 자리에서 국밥을 먹던 이들의 말소리가 강 포수의 귀를 때렸다.

"하이고, 염병할. 불쌍하긴 뭐가 불쌍해? 백가 그놈이 천벌을 받은 것이지, 천벌을. 그놈이 어디 하늘이 노할 짓을 한두 번 했는가? 제 놈도 자식 앞세워 보내고 피눈물을 흘려 봐야 알지. 안 그런가?"

"암만. 그게 어디 사람 새끼였소? 피도 눈물도 없는 버러지만도 못한 놈이었지. 그놈이 어디 제 딸년 죽어 나갔다고 눈 하나 깜빡이나 할는지. 그나저나 누가 총질을 했는지 몰라도 총을 세 발이나 쐈다면서 어째 그 백 사장 대갈빡을 못 맞춘 것인지 내 답답해 죽겠소. 어째 그 딸년을 맞혔느냐는 말이지, 죽이려면 그놈을 죽여야 했는데 말이오."

"내 말이 그 말 아니오. 백 사장, 이만석, 게다가 하시모토 그 호래자식까지 다 그 자리에 있었다던데, 뭔 놈의 총질을 그리 시원찮게 했는지 원. 죽어 마땅한 놈들이 사지 멀쩡하게 도망갔으니 시장통 사람들이 죄다 지금 가슴을 칠 노릇 아니오."

"아무리 인두겁을 쓴 마귀 새끼라 해도, 제 자식 앞세워 보내는 것보다 더 큰 벌이 있겠소? 그것이 천벌이요, 천벌."

"하기야. 백가 그놈이야 언제고 누구 손에 죽어도 죽을 놈이니, 끼고 살던 딸년 먼저 데리고 간 것 보면, 천벌은 천벌이 맞는 것 같구려."

땡그랑!

강 포수는 그들의 이야기에 깜짝 놀라 들고 있던 수저를 떨어 뜨렸다.

"지금 뭐라 혔소? 백가의 딸년이 죽었다고라? 기생년 초선이 아니고?"

"하이고. 여태 뭔 소릴 들었소? 아직 소식을 모르는 것을 보니, 경성 사람이 아닌가 보오? 백 사장 대신 그 딸년이 죽고, 백가 놈도 하시모토도 우라질 이만석까지 다 살아서 부리나케 도망갔다니까요. 천하 미색 초선이도 미인박명이라더니만, 명줄은 긴 모양이고."

'이상하다. 그럴 리가. 부, 분명 초선이었는데⋯⋯.'

그들의 말이 끝나기 무섭게 강 포수는 용수철처럼 튀어 올라 국밥집을 나섰다. 백 사장에게 잔금을 받기는커녕 목숨을 내줘야 할 판이었다. 강 포수는 그 길로 숨겨 둔 돈을 찾아 들고 경성을 떠났다.

이만석은 백 사장과의 고리를 끊어 내기에 바빴다. 하필이면
궁상맞게도 그깟 보석 절도죄를 뒤집어쓴 것이 문제였다. 붉은
보석을 찾겠다고 탈탈 털어 내었던 백 사장의 전당포에서는 어
이없게도 붉은 보석을 뺀 나머지 다른 사건들의 증거물이 무더
기로 쏟아졌다. 이젠 절도죄의 누명을 벗는 것이 문제가 아니었
다. 세 군데의 전당포가 샅샅이 털리며 케케묵은 일들까지 모조
리 다 까발려졌고, 도대체 백 사장은 그동안 제 뒷간 정리를 어
떻게 한 것인지 더는 이만석이 손댈 수 없는 상황이었다.

이만석은 더 이상 백 사장에게서 빼낼 단물이 없다고 판단했
다. 백 사장은 이만석에게 더는 쓸 만한 가치를 찾을 수 없는 골
칫덩이가 되어 버린 것이다.

'어쭙잖게 굴다간 백 사장의 저 똥물이 내게 튈지도 모를 일이
다. 서둘러 끊어 내야만 해.'

이만석은 수감 중인 백 사장에게는 자신만 믿으라며 큰소리를
치고는 모든 것을 오롯이 백 사장에게 떠넘기는 일에 몰두하고
있었다.

"하아. 서장님, 지금 어찌 돌아가고 있는 것입니까? 도대체 언제까지 제가 여기 있어야 합니까? 제발 좀 서둘러 주세요."

"이보게, 걱정하지 말게나. 나만 믿고 좀 차분히 기다리라니까."

"정말 여기서 한 시도 더 못 견디겠습니다. 어서 손 좀 써 주세요. 제가 무사히 나가면, 서장님께 이 은혜 반드시 또 갚을 것입니다."

"알겠네, 알겠어. 조금만 더 참아 보시게."

하지만 약속한 시일이 지나도록 백 사장은 여전히 수감된 상태였고, 면회마저 금지되었다. 백 사장이 자신의 처지를 깨닫는 데에는 오랜 시간이 걸리지 않았다.

"서장님, 지금 무슨 꿍꿍이입니까? 제가 그동안 서장님 뒤를 봐 드리느라 들어간 돈이 얼마인지 아십니까? 제게 이러시면 곤란합니다."

"허허. 이 사람. 자네가 내 뒤를 봐줬다니? 누가 들을까 무섭구먼. 그런 소리 하지 말게. 이번 일만 해도 내가 자네의 그 절도죄를 벗겨 주느라 얼마나 애를 썼는지 아나? 도대체 일 뒤처리를 그간 그 지경으로 하고 있었다는 게 믿어지질 않네 온갖 것들을 어쩌자고 전당포에 떡하니 두어서는. 쯧쯧."

"그게 정말 이상합니다. 함정이라고요. 제 말을 믿고 초선이 년을 좀 살펴보시란 말입니다. 아무래도 수상해요. 그리고, 절도죄라니요? 애당초 저는 그년의 그 보석인지 모자인지를 본 적도 없습니다. 김 씨에게 물건을 받아 바로 서장님께 가져다드린 것 아닙니까. 아시잖아요."

"지금 하시모토가 눈에 불을 켜고 있는데, 나더러 초선의 뒤를 파란 말인가? 게다가 그 일을 김 씨에게 맡긴 것은 자네 아닌가? 그런데 그자가 자네에게 모자를 건넨 날 밤에 김 씨는 바로 죽었단 말이지. 검사들은 자네가 살인을 저질렀다고 의심하고 있어. 자네가 보석을 빼돌리고 그자의 입을 막으려고. 자, 어때? 자네가 아니라는 증거가 있나? 지금 여기서 그 증거를 댈 수 있느냔 말이야!"

"억지입니다. 왜 이리 억지를 부리십니까? 서장님, 제가 왜 그깟 보석 하나에. 아시지 않습니까?"

"알지, 알아. 그런데 자네도 알고 있지 않나? 나 이만석이야. 지나가던 개도 꼬리를 감춘다는 그 이만석이라고. 없는 증거도 만들어 내고, 억울한 이에게 자백도 받아 내고, 그렇게 없는 죄도 만들어 내는 게 내 일이고. 그 일은 이 조선 땅에서 나만큼 할 수 있는 자가 없지. 안 그러나? 그러니 잠자코 있어. 조용히 혼자 묻고 가란 말이야. 내 자네 목숨은 그간의 정을 생각해 챙겨 줄 터이니."

"하! 쥐새끼도 골목 끝에서는 고양이를 물어뜯는 법이지요. 서 장님, 이 백가를 너무 쉽게 보셨습니다. 이 백가가 죽더라도 결단코 혼자 죽는 일은 없을 것입니다."

"그래? 기어이 이 이만석에게서 등을 돌리시겠다? 목숨이 아깝지 않은 모양이지? 하! 그럼 그러시든가."

백 사장은 이만석의 태도에 이가 갈렸다. 하지만 수감된 상태에서 백 사장이 할 수 있는 것이라고는 뒤돌아선 이만석의 뒤통수를 노려보는 것뿐이었다.

'강철이 이놈의 자식은 도대체 무슨 일을 어떻게 하는 참이야!'

강철은 세 군데의 전당포에서 돈이 될 만한 것들을 끌어모았다. 전당포의 물건을 내다 파는 것 외에는 돈을 구할 방법이 없었다. 그나마도 증거물로 모조리 압수당해 쓸 만한 것이 얼마 없었다. 경성을 손바닥에 놓고 주무른다는 아버지의 그 많은 재산을 도무지 찾을 길이 없었다. 아들에게도 말하지 않고 꽁꽁 숨겨 둔 비밀 장부는 어디에서도 찾을 수가 없었고, 전국 각지에 흩어져 있다는 땅도 문서가 없으니 알 방도가 없었다. 아버지를 한 번 더 만나 봐야 할 것인데, 경찰서장 이만석은 면회를 시켜 주지 않았다. 심약한 아들 강철은 어느새 벌써 지쳐 가고 있었다.

"서장님, 저희 아버지는 지금 어찌 지내고 계시는지 제가 그저 얼굴만 좀 뵐 수 있게 힘 좀 써 주시지요."

"거참. 면회 금지라고 내가 몇 번 말하나? 자네 아버지는 큼지막한 죄명만 살인죄, 세금 탈루, 그것도 모자라 본토에서 온 경무국 고위 간부 '살인 미수죄'야. 자잘한 건 다 읊기도 힘들어. 게다가 지금 자네 아버지는 상해에 돈을 보냈다는 의심도 사고 있어. 그 많던 재산이 하루아침에 다 사라져 버렸거든. 그러니까 명백히 '치안 유지법'에도 걸린다는 거야. 무슨 말인지 알아들어? 자네도 의심받기 싫으면 이곳에 그만 드나드는 것이 좋을 거야. 그만 돌아가게."

"하아. 서장님, 정말 너무 하십니다. 제가 정말 아무것도 몰라 이렇게 사정만 하는 줄 아십니까? 아버지의 그 많은 죄에 서장님이 치러야 할 죗값은 없는 겁니까? 제가 알고 있는 것만 해도……."

강철이 협박이라도 하겠다는 듯이 덤비자, 이만복의 눈이 차갑게 변해 강철을 노려보았다.

"하, 자네가 감히 지금 나를 협박하려는 게야?"

"아, 아니, 협박이 아니라, 그렇지 않습니까? 서장님께서 양심이 있으시면 이러시면 안 되는 것이지요. 어찌 이리 모질게……."

"뭐라? 여기가 어디라고, 감히 내 앞에서 네까짓 놈이 함부로 입을 나불거리냐? 양심? 하! 야양심? 자네 지금 양심이라고 했나? 그래 좋아, 그 양심에 대해서 내가 말해 줄까? 처음엔 말이야, 난 우리 부모님 목숨값을 내 양심으로 치렀어. 그다음엔 입에 풀칠하려니 또 어쩔 수 없더라고. 그래서 또 양심을 팔았지. 그런데 말이야, 그게 별 게 아니더라고. 눈 한번 질끈 감으면 돈도, 명예도, 여자도 다 생기더란 말이지. 그리고 그 양심이라는 거, 그까짓 거 가지고 있어 봐야 아무짝에도 쓸데가 없더라고. 되레 그걸 지키려고 하면 상당한 대가를 치러야 해.

자, 바로 여기, 이 이만석의 자리에 있으면 세상 별의별 인간들을 다 만나게 되지. 그 인간 중엔 어리숙한 사람들도 참 많아. 어리석게도 그 양심 값으로 부모도 자식도 다 버리고, 제 목숨까지도 바치는 이들이 참 많더라고. 꼴 같지 않게. 그게 뭐라고. 그런데 그렇게 목숨 걸고 양심 따위 지켜 봤자 누가 알아나 주나? 그래 봤자 대충 한세상 살다가는 인생일 뿐이라고. 저들이나 나나. 안 그런가?"

"……"

"자, 백강철. 내 자네에게 이것 하나만 묻지. 자네가 입고 있는 그 옷, 그 구두, 그 안경. 자, 자네 아버지가 무엇을 팔아 그것들을 얻었겠나? 자네는 지금 뭐라도 하나 지키면서 그것들을 누리고 있나? 어서 말해 보게."

이만석이 표독스러운 눈을 백강철의 얼굴 가까이 들이밀었다. 강철은 그를 향해 어떤 말도 할 수 없었다. 자신과 눈도 마주치지 못하는 강철을 바라보던 이만석은 탁자를 힘껏 내리치며 일어섰다.

"어디서 감히! 뚫린 입이라고 네깟 놈이! 야양심? 어디서 그런 되지도 않는 소리를 나불거리느냔 말이야? 제깟 놈 주제에! 당장 꺼져! 한 번만 더 나를 가르치려 들다가는 네놈 하나 쥐도 새도 모르게 죽여 버리는 건 일도 아니니까!"

이만석의 뒤집힌 눈을 보자, 백강철은 오금이 저려 부리나케 도망치듯 경찰서를 빠져나왔다. 이만석은 세상이 뒤집히고 또 뒤집혀도 어떻게든 끝까지 살아남을 인간이었다. 이 세상에서도 다음 세상에도 이만석은 저렇게 무엇을 팔아서든 온갖 것을 누리며 시퍼렇게 살아남을 것이었다. 강철은 끝내 그의 상대가 될 수 없었다.

무지개 너머의 세상

수희의 어깨 깊숙이 박혀 있던 총알은 오랜 수술 끝에 제거되었고, 피를 많이 흘려 한동안 의식을 잃었던 수희는 사흘 만에 깨어나 조금씩 안정을 찾기 시작했다.

"아씨, 들어가서 좀 쉬세요. 전 이제 정말 괜찮아요."

"괜찮아. 환자들 없을 때, 난 이렇게 너랑 같이 있는 게 좋아."

"그러시면 여기, 여기 좀 누우세요. 죽었다 살아난 것은 저인데, 어째 우리 아씨 얼굴이 더 상한 것 같단 말이에요. 아휴, 정말. 우리 아씨 고운 얼굴이 이리 상해서 어쩐대요? 저 때문에. 속상해 죽겠네요. 아씨, 정말 죄송해요."

"죄송하긴. 난 네가 살아 있어 줘서, 이렇게 내 앞에 있어 줘서 정말 너무너무 행복해. 너마저 잃었으면 나는……. 더는 버티지 못했을 거야. 상상만으로도 너무 끔찍해. 수희야, 이리 살아나 줘서 정말 고마워."

"아휴, 아씨도 참……."

하연의 마음이 진심인 것을 아는 수희는 코끝이 또 빨갛게 달아올랐다. 반드시 이 사랑을 갚아야 한다고 다짐하며.

그때, 어머니를 찾았던 혁진이 수희의 병실 안으로 들어섰다.

"아가씨들, 답답하지 않으십니까? 밖에 날씨가 아주 좋습니다. 두 분, 제가 모셔도 될까요?"

하연과 수희는 혁진을 따라 병원을 산책했다. 수희는 바퀴가 달린 의자에 몸을 기댄 채 혁진을 의지하고 있었다. 병원 안 정원을 별말 없이 천천히 한 바퀴 돌아본 후, 그들은 나란히 작은 연못을 바라보고 있었다.

어느새 하늘이 높아지고, 뜨겁던 태양의 열기가 식어 있었다. 제법 선선한 바람이 뺨을 간지럽혔다. 혁진은 챙겨 나온 담요를 수희의 무릎에 덮어 주었다. 유독 길고 지루한 여름이었다. 어쩌면 시간이라는 것이 고민 많은 청춘에게만 더 더디 흘러가는 것인지도 모를 일이었다.

"도련님, 혹시 백가네 소식은 들었습니까?"

수희가 조심스럽게 혁진에게 바깥소식을 물었다.

"예. 붉은 보석 절도죄뿐만이 아니라, 강도죄와 탈세 정황도 허다하고, 또 세금 문제 때문에 총독부 간부를 독살하려고까지 했다더군요. 전당포 금고 안에서 증거물들이 다 나온 터라 아무래도…… 제아무리 백 사장이라 하더라도 쉽게 빠져나오지는 못할 듯합니다. 이래저래 죄목이 어마어마해서 재판에서 판결문을 다 읽기 어려울지도 모른다고 하더군요. 총독부에서 독립운동가들만 벌주는 줄 알았는데, 참 별일이 다 있습니다."

"그렇군요. 그래도 백 사장 재산이면……. 누가 손을 좀 써 줄 듯도 한데……."

"흠……. 이만석이 처음엔 경찰서장 인맥을 총동원해서 손을 좀 써 보려던 것 같더니만……. 지금은 되레 저 혼자라도 살아 보겠다고 백 사장한테 다 뒤집어씌우고 있다 들었습니다. 게다가 백 사장의 그 많은 재산은 다 어디다 꼭꼭 숨겨 됐는지 아들 백강철도 돈이 있는 곳을 모르더랍니다. 제 아비가 말한 곳 그 어디에서도 돈을 찾지 못하고, 여기저기 손 벌리면서 돈을 구한다 들었습니다."

"그렇군요."

백 사장의 소식은 경성의 모든 이들에게 앓던 이가 빠진 듯한 후련함을 안겨 주었다. 백 사장의 그 많던 재산이 귀신도 모르게 사라졌다는 소식에는 그 돈이 독립군에게 갔을 것이라는 소문이 돌았다. 백 사장의 밀고로 해방된 조국을 보지 못하고 죽은, 한 맺힌 독립군들의 영혼이 백 사장의 돈을 모조리 사라지게 한 것이라고 했다. 금주의 죽음 또한 몹쓸 짓을 많이 한 제 아비의 업보 때문이었다며 애달파하는 이가 없었다. 하지만, 수희는 미안하다며 엉엉 울던 금주가, 또 금세 배시시 웃으며 팔짝팔짝 뛰던 금주가 생각나 자꾸만 가슴이 쿡쿡 쑤셨다.

"백 사장은 아무래도 살아서 형무소 밖을 나오는 것은 힘들겠군요."

"예. 아무래도."

하연에게 백 사장은 아비를 잃게 한 원수였다. 수도 없이 그를 죽이고 싶은 충동을 느꼈고, 그로 인해 수없이 많은 밤을 악몽으로 지새워야 했다. 천벌을 받게 된 백 사장을 열 번 백 번 비웃어 주고 싶었지만, 금주의 죽음 때문인지 하연은 마음 한구석이 무거웠다. 혁진이 전해 주는 바깥소식을 듣고, 하연과 수희는 그저 물끄러미 고여 있는 못의 물을 바라보았다.

그때, 혁진과 하연, 수희를 향해 초선이 걸어왔다.

"수희야, 몸은 좀 어때?"

"언니, 전 이제 다 나았어요. 뭐 하러 또 오셨어요? 바쁘실 텐데."

"그래, 좀 나아 보이네. 정말 다행이다. 우리 수희, 역시 마음에 들어."

초선은 수희의 머리를 쓰다듬으며 눈을 찡긋했다. 곁에 있던 혁진과 하연이 초선과 인사를 나누었다.

"아가씨, 실은 오늘 하연 아가씨께 드릴 말씀이 있어서 왔습니다."

혁진과 수희가 조금 의아해하며, 자리를 피해 주려고 했다. 하지만 초선은 어쩌면 함께 듣는 것이 나을 것 같다며, 담담히 입을 열었다.

초선은 하연에게 그간의 긴 이야기를 털어놓았다. 초선이 하연의 어머니를 만났던 그날부터의 이야기를.

"그날 밤, 쓰개치마를 쓴 마님이 저를 찾아오셨을 때 알았습니다. 이 초선에게 정해진 운명이 있다는 것을 깨달았지요. 신이 저에게 길을 내어 보여 주신다는 생각이 들었습니다. 제 아비도 모르는 천한 기생의 딸로 태어나 그동안 받았던 설움과 상처는 말로 할 수 없는 것이었습니다. 잘살아야겠다는 생각 따위는 없었어요. 기생년이 어찌 잘살겠습니까. 그냥 사는 것이지요. 숨을 쉬니까 사는 것이고, 웃으라면 웃는 것이고, 노래를 부르고 춤을 추라고 하면, 노래 부르고 춤추는 것이 기생년 팔자니까요. 꿈이랄 것도 없었고, 희망이란 것도 없었습니다. 그냥 화초처럼 곱게 피었다가 시들어 가면 되는 팔자인 줄로만 알았습니다. 해어화. 말을 하는 꽃처럼 다들 그리 살라고 하더이다. 그런데 그리 살자니 사는 게 뭔지도 모르겠더군요. 뭔지도 모르면서 그저 사는 것이 참 싫더이다. 그런데도 참, 싫은데 기어이 또 그리 살아지고……

그때, 아가씨 어머니를 만났습니다. 마님은 저를 꽃으로 보지 않더군요. 제가 가진 재주를 돈으로 사지 않으시고, 배우고 싶다 하셨어요. 그렇게 저를 선생이라 불러 주시고 동무가 되어 주셨습니다. 덕분에 허락 없이 사는 게 뭔지도 모르던 기생녀이 꿈을 품었습니다. 기생이 아닌 사람이 되었거든요. 사람은 꿈을 품을 수 있더이다. 그 꿈은 겁도 없이 더 큰 꿈을 품고, 또 더 큰 꿈을 품고……. 그래서 이 초선이 나라를 구하는 꿈까지 품어 버렸네요. 참, 우습지요?"

하연은 천천히 고개를 저었다.

"하지만 아가씨, 처음부터 이 무시무시한 일을 꿈꾸고 시작한 것은 아닙니다. 처음엔 그저 마님의 부탁만 들어 드릴 생각이었습니다. 무사히 대감마님만 경성을 빠져나갈 수 있게 돕는 것, 딱 거기까지만 할 생각이었습니다. 무서웠으니까요. 마님의 부탁으로, 그간의 의리로, 딱 한 번은 어떻게든 도와드려야겠다고 마음먹었어요. 하지만 그 이상은 감히 꿈꿀 수가 없었습니다. 나라를 찾겠다는 일이 어디 쉬운 일입니까. 가진 것을, 목숨까지 다 내어 걸어도 어려운 일이니까요."

"그럼, 제 아버지가 정말 살아 계신다는 것입니까? 지금 어디에 계십니까? 아, 알고 계신 거지요? 가르쳐 주실 수 있는 거지요?"

"예. 지금 상해에 계십니다. 우진 씨도 아마 함께 계실 것이고요."

"아, 형도. 모든 걸 버린 이들이, 그리 모두 함께."

"혁진 씨, 그분들이 모든 걸 버렸다고 생각하십니까? 저는 그분들이 모든 것을 버릴 수가 없기에 떠난 길이라고 생각합니다. 눈에 넣어도 아프지 않을 어린 딸, 평생을 사랑한 연인, 피를 나눈 부모와 형제. 이대로 버려 둘 수 없어서 자신들의 인생을 걸고 떠난 길이라 생각합니다."

혁진은 아무 말도 하지 않을 채로, 묵묵히 초선의 말에 귀 기울였다.

"나라를 구하는 일은, 독립운동이란 것은, 엄청 대단한 사람들이 하는 것이라고만 생각했습니다. 힘도 세고, 많이 배운 이들이 하는 것인 줄 알았지요. 하지만 만세를 부르다 죽고, 옥고를 치르다 죽는 많은 이들은 그저 조선인이었습니다. 저도 그저 조선인이기에 그 꿈을 꿉니다."

"하지만, 언니가 어떻게, 나는 꿈에서도 언니가 이런 일을 할 것이라고는……."

초선은 놀란 듯 입을 다물지 못하는 수희의 머리를 찬찬히 쓰다듬으며 말을 이었다.

"선택은 아가씨의 몫입니다. 아가씨 자신의 삶이니까요. 누구도 대신 살아 줄 수 없고요. 돌아가신 마님도 제게 여기까지만 부탁했습니다. 나머지는 그 아이에게 맡기라고. 그리 말씀하셨습니다."

"아버지가 살아 계신다는 것을, 저는 어머니 돌아가시던 날 알았습니다. 그런데 저는 어째야 할지 몰랐어요. 아버지를 찾아 나서라는 것인지, 아버지를 기다리라는 것인지. 어머니는 그저 살아 계신다는 말만. 어머니가 못다 하신 말이 여태껏 궁금했습니다. 어쩌라는 것인지를요. 그런데 결국 어머니는 제게 아무것도 알려 주시질 않으셨군요. 어머니의 뜻은 제가 스스로 결정하는 것이었군요."

"예. 아가씨가 누군가의 삶을 대신 사는 것을 원치 않으셨습니다. 온전히 자신이 선택하고 결정한 자신의 삶을 살길 바라셨지요. 아가씨, 오늘 밤, 춘복 동지가 상해로 떠날 것입니다. 원하신다면, 함께 가실 수 있도록 제가 도울 수는 있습니다. 하지만, 선택은 온전히 아가씨의 몫입니다."

하연은 어머니의 못다 한 말이 늘 궁금했다. 어찌해야 할지 몰라 망설여지고 고민의 깊이가 깊어질수록, 차라리 누군가가 대신 길을 보여 주고 대신 결정해 주었으면 좋겠다고 생각했다.

때때로 자신이 진정으로 원하는 것이 무엇인지, 어떤 꿈을 품고 사는 것인지 아무리 들여다보아도 답이 없을 때가 더 많았다. 하지만 선택의 순간을 바로 눈앞에 두고 보니, 원하는 것이 무엇인지 꿈꾸는 것이 무엇인지 또렷해지는 것 같았다. 하연은 앙다문 입술로 마른침을 삼키고는 천천히 입을 열었다.

"예. 함께 가겠습니다. 오늘 밤, 아버지 계신 곳으로. 염치없지만, 춘복 오라버니와 함께 갈 수 있도록 부탁드리겠습니다."

"아가씨!"

"아씨!"

수희와 혁진이 눈을 동그랗게 뜨고, 하연을 만류했다.

"하연 아가씨, 아무래도 조금 더 생각을 해 보시는 게 어떨지요? 이리 성급히 결정하실 일이 아닌 듯합니다."

"도련님, 성급한 결정이 아닙니다. 어머님 돌아가시던 그날, 아버지가 살아 계신다는 것을 알게 된 그날, 그날부터 여태껏 수없이 고민하고 또 고민했던 일입니다. 오늘에서야 제가 무엇을 원하는지 또렷해졌을 뿐입니다. 아버지 계신 곳을 알았으니 가겠습니다. 우진 오라버니 또한 함께 계신다니 제가 망설일 이유가 없습니다. 아버지와 우진 오라버니와 함께. 예, 함께할 것입니다."

"아씨, 안 돼요. 위험합니다. 아가씨 혼자 무엇을 어찌하시려고. 아가씨 혼자서는 안 돼요. 같이 가요, 제가 함께 가겠습니다. 대감마님 계시는 곳이면, 저도 가야지요. 암요, 같이 가요."

초선은 수희의 모습을 예상했다는 듯 그저 옅은 미소를 지어 보이며 말했다.

"수희야, 네가 그 몸으로 따라가면 아가씨가 네 병시중까지 더 힘이 드실 것 같은데? 그리고 춘복이 함께 가니 걱정하지 않아도 될 거야. 오히려 위장하기도 더 수월할 테고. 그리고 아씨께서 지금껏 틈틈이 배워 둔 의술은 그곳에서 유용하게 쓰일 것이야. 그래, 큰 도움이 되시겠어."

"하지만……."

"수희야, 너는 일단 몸부터 추스르고, 대감마님을 뵈러 갈 수 있게, 아씨를 곧 다시 만날 수 있게 해 줄게. 내 반드시 약속하마. 응?"

어쩔 수 없다는 듯 수희가 눈물을 글썽이며 고개를 끄덕였다.

초선은 오늘 밤 떠날 하연의 길을 살피기 위해 오래 머물지 못하고 자리를 떴다.

초선이 떠난 후, 하연과 수희 그리고 혁진은 한동안 그 자리에서 말없이 작은 연못을 바라보았다. 연못가의 수면 위로 옅은 무지개가 생겨날 때까지.

에필로그

　해방된 조국의 땅을 가장 먼저 밟은 것은 혁진이었다. 형의 유해를 품에 안고서.

　그날 밤, 떠날 채비를 마친 하연은 우진 어머니의 병상을 찾아 의식이 없는 그녀의 손을 따뜻하게 감싸 쥐었다.
　"어머님, 조심히 잘 다녀올게요. 그때까지 꼭 잘 버텨 주세요. 우진 오라버니께도 어머님 잘 계시다고 그리 전할 거예요. 그러니, 그러니……."
　하연은 끝내 말을 잇지 못하고 숨죽여 눈물을 흘렸다. 의식이 없던 우진 어머니의 눈가가 촉촉이 젖어 가는 것을 미처 알지 못한 채로.

하연이 떠난 후, 우진 어머니는 마치 혼이라도 되어 하연을 지키겠다는 듯 조용히 숨을 거두었다.

어머니의 시신을 병원 뒤 작은 동산에 묻고, 외로운 장례를 치르는 내내 혁진은 눈물을 흘리지 못했다. 온몸의 수분을 다 빼앗기기라도 한 듯 혁진은 그저 바짝 말라 갔다. 그리고 결국 혁진은 살기 위해 길을 떠났다.

혁진의 앞엔 각오한 것과는 비할 수 없을 만큼의 고난이 끝도 없이 펼쳐졌다. 배신과 음모, 좌절과 고통은 물론 죽음에 대한 공포에서 하루도 자유로울 수 없었다. 그런데도 혁진이 여태껏 견디어 다시 조국의 땅을 밟을 수 있었던 것은, 그동안의 수없이 많은 고뇌 때문이었다. 혁진은 숱한 밤을 아프게 고뇌했고, 그 고뇌의 끝엔 늘 비겁하지 않은 청춘을 살고 싶다는 조선인으로의 양심이 덩그러니 남아 있었다. 그것은 주저앉고 싶은 혁진을 일으켜 세우는 힘이 되었다.

혁진은 이제 그토록 원하던 해방된 조국의 땅에 발을 디뎠다. 형의 유해를 품에 안고 고향에 돌아왔지만, 혁진은 이제야 숨통이 트이는 듯 크게 숨을 들이마셨다.

　고향은 변함이 없었다. 빼앗긴 땅과 되찾은 땅의 흙내음도 그
저 다를 것이 없었다. 이른 저녁을 하려던 아낙이 빈 쌀독을 열
어 보고 한숨 짓고, 배고픔에 굶주린 아이가 시커먼 손끝으로 칡
뿌리를 찾아 헤매고 있는 것 또한, 다름이 없었다. 본정엔 화려
한 네온사인이 하나둘씩 켜지기 시작했고, 그 안에서 웃고 떠들
며 먹고 마시는 사람들 또한 변함이 없었다. 밥 짓는 냄새, 개 짖
는 소리, 유성기에서 흘러나오는 음악 소리까지 모든 것이 그저
평온해 보였다. 형이 경성을 떠났던 그날의 저녁처럼.

　혁진은 어머니가 쉬고 있는 초라한 무덤 곁에 형의 유해를 끌
어안은 채 털썩 주저앉았다. 늦여름의 해가 산 뒤로 숨기 전, 혁
진의 등을 따뜻하게 품어 안았다. 마치 혁진을 위로해 주는 양,
포근하게. 하지만 무지개를 품은 해는 이내 또다시 산 뒤로 숨어
버렸고, 혁진은 또다시 고뇌해야 할 내일을 그때는 미처 알지 못
했다.

작가의 말

"내가 일제 강점기에 살았다면, 나는 친일 민족 반역자가 되었을까? 목숨을 건 독립 투쟁을 했을까? 그도 아니면, 나는 그 시대를 어떻게 살아 냈을까?"

이 물음에서 시작된 이야기입니다.

얼마 전 뉴스를 통해 친일을 미화하고, 되려 독립운동가를 조롱하는 일에 대한 소식을 접했습니다. SNS나 게임 등을 통해 잘못된 친일 문화가 스며들고 있다는 것, 또 우리는 우리의 아픈 역사에 대해 자주 고민할 기회가 없다는 것이 작은 원인일 수 있다고 생각했습니다. 그래서 함께 이야기 나누고 싶었습니다.

하연과 수희, 혁진의 고민을 따라가며, 춘복과 초선의 삶을 엿보며, '나라면, 우리라면 어떻게 살아 냈을까?'를 함께 생각해 보고 싶었습니다.

또한, 우리에게 남겨진 숙제, 우리가 여전히 해결하지 못한 문제들에 대한 고민을 함께 나누고 싶었습니다.

일제 강점기는 이미 지나가 버린, 다 끝난 과거의 이야기가 아니라고 생각합니다. 우리는 여전히 그 역사의 연장선 위에서 살아가고 있기 때문이지요. 오늘도 내일도 그 길 위에 있는 우리이기에 남겨진 숙제는 우리의 몫일 것입니다.

이 이야기를 쓰기 위해 꼬박 일 년을 경성(지금의 서울)에서 살았습니다. 그렇게 다른 세상을 오가는 저를 아낌없이 지원해 준 가족에게 무한한 사랑을 전합니다.

또한, 이 이야기가 세상에 나올 수 있도록 귀 기울여 주시고 응원해 주신 도서출판 가치창조 모계영 대표님께 깊이 감사드립니다.

마지막으로 오늘의 우리를 있게 해 주신, 애국선열들의 고귀한 희생과 뜻깊은 헌신에 머리 숙여 깊이 감사드립니다.

민경혜